NAME: Justus Jonas
FUNKTION: Erster Detektiv
FRAGEZEICHENFARBE: weiß
BESONDERE MERKMALE: das Superhirn der drei ???; Meister der Analyse und Wortakrobatik; erstaunlich schneller Schwimmer; zu Hause auf dem Schrottplatz von Tante Mathilda und Onkel Titus; zupft beim Nachdenken an seiner Unterlippe
IST FAN VON: Tante Mathildas Kirschkuchen und Denksport aller Art

NAME: Peter Shaw
FUNKTION: Zweiter Detektiv
FRAGEZEICHENFARBE: blau
BESONDERE MERKMALE: für körperliche Herausforderungen immer zu haben, dafür kein Ass in der Schule; großer Tierfreund; Spezialist für Schlösser aller Art, die seinem Dietrichset einfach nicht standhalten können; neigt zu Vorsicht und Aberglauben
IST FAN VON: schnellen Autos (insbesondere seinem MG), der südkalifornischen Sonne, so ziemlich jeder Sportart

Die drei ???®

Die drei ???®

Signale aus dem Jenseits

erzählt von André Minninger

Kosmos

Umschlagillustration von Silvia Christoph, Berlin
Umschlaggestaltung von eStudio Calamar, Girona, auf der Grundlage der Gestaltung von Aiga Rasch (9. Juli 1941 – 24. Dezember 2009)

FSC www.fsc.org MIX Papier aus verantwortungsvollen Quellen FSC® C014496

Gedruckt auf chlorfrei gebleichtem Papier

Based on characters by Robert Arthur.

ISBN 978-3-440-14828-0
Redaktion: Anja Herre, Annemarie Chiappetta
Lektorat: Nina Schiefelbein
Produktion, Layout und Satz: DOPPELPUNKT, Stuttgart
Druck und Bindung: GGP Media GmbH, Pößneck
Printed in Germany / Imprimé en Allemagne

Die drei ???®

Signale aus dem Jenseits

Pure Beklemmung

Bob fühlte sich wie in einem Traum. Die Wolken hingen so tief, dass man beinahe das Gefühl hatte, nach ihnen greifen zu können.

Als er in seinem VW Käfer auf das Gelände des Gebrauchtwarencenters T. Jonas fuhr und den Wagen vor der Freiluftwerkstatt zum Stehen brachte, war die Sonne schon hinter den Wolken verschwunden. Ein heftiges Gewitter kündigte sich an, aber noch war alles trocken. Bob sprang aus dem Auto und steuerte auf den Gerümpelberg zu, unter dem sich die Zentrale der drei ??? verbarg. Da vernahm er lautstarke Stimmen, die durch die offene Terrassentür des Wohnhauses der Familie Jonas drangen.

»Das ist ja wohl das Allerletzte, Titus! Wie kannst du es nur wagen, mich so zu bevormunden!«

Bob stutzte. Das war eindeutig die Stimme von Mathilda Jonas, der Tante seines Detektivkollegen Justus.

»Und *ich* bin nicht noch einmal bereit, für diesen Schwindel so viel Geld zu bezahlen!«, wetterte dessen Onkel Titus wütend dagegen.

Bob wollte eigentlich nicht lauschen, aber seine Neugier war zu groß. Langsam ging er näher an die Terrassentür heran, blieb jedoch stehen, als Mrs Jonas vollends die Beherrschung verlor und sich ihre Stimme vor Erregung überschlug: »Ach, dazu bist du also nicht bereit, Titus? Dann will ich dir mal etwas sagen: Mir geht es auch gegen den Strich, dass du aus unserer gemeinsamen Geschäftskasse –«

Plötzlich hielt sie inne.

»Was hast du?«, erkundigte sich ihr Ehemann. »Warum sprichst du nicht weiter?«

Im selben Moment trat Mrs Jonas auf die Terrasse hinaus und sah Bob irritiert an. »Wie kommst du …? Ich meine …«

Peinlich berührt trat Bob einen Schritt zurück.

Nun erschien auch Mr Jonas im Türrahmen und blickte seine Frau anklagend an.

»Da siehst du, wohin das führt, wenn du dich so in Rage redest!«

Von der Situation vollkommen überfordert, wandte sich Bob zum Gehen und stotterte dabei unsicher: »Ich … ich habe gar nichts gehört und wollte sowieso gerade … äh … zu Justus und Peter.«

»Die beiden sind nicht da«, entgegnete Mrs Jonas bestimmt und verschränkte die Arme. »Also kannst du auch genauso gut hereinkommen und die Rolle des Schiedsrichters übernehmen!«

Bob verspürte einen dicken Kloß in seinem Hals. »Also ich weiß wirklich nicht, ob es richtig ist, mich in Ihren … nun ja … Streit einzubeziehen«, stammelte er verlegen.

»Oh doch!«, widersprach Mrs Jonas vehement. »Mein Mann bildet sich nämlich ein, mir die Leviten lesen zu müssen. Darum würde es mich brennend interessieren, wie *du* die Sache einschätzt!«

»Nun ja …« Bob erkannte, dass er keine andere Wahl hatte. Kleinlaut willigte er ein und folgte dem aufgeregten Ehepaar ins Haus.

»Also, ich bin stinksauer!«, polterte Mrs Jonas gleich weiter, nachdem Bob der Aufforderung, am Küchentisch Platz zu nehmen, gefolgt war. »Mein Mann will mir das Fernsehen verbieten! Ist das nicht unglaublich?«

»Du verdrehst mir die ganze Zeit das Wort im Mund!«, schnaubte Mr Jonas zurück und warf seiner Frau wütende Blicke zu. »Niemand verbietet dir, den Fernseher einzuschalten!«

»Ach ja!? Na, das ist ja interessant!« Demonstrativ stemmte Mrs Jonas die Hände in die Hüften. »Jetzt, wo ein Zeuge hinzugekommen ist, ruderst du also feige zurück!«

Bob fühlte sich äußerst unbehaglich und deutete deshalb auf die beiden Feuerlöscher vor der Terrassentür, über die er zuvor beim Betreten der Wohnung beinahe gestolpert wäre. »Sollen die beiden Löscher da eigentlich vor der Tür stehen bleiben, oder kann ich sie irgendwo anders unterbringen?«

»Gut, dass du fragst«, antwortete Mr Jonas. »Der eine muss in die Freiluftwerkstatt, der andere ist für eure Zentrale. Die Feuerlöscher sind gestern frisch gewartet worden.«

Bob wollte sich gerade erleichtert vom Sofa erheben, als Mrs Jonas energisch auf ihn zutrat. »Hiergeblieben! Das kann warten, Bob! Zuerst hörst du dir an, was ich zu sagen habe.«

»Mathilda, bitte …«, versuchte Titus Jonas seine Frau von ihrem Vorhaben abzubringen.

Doch die war nicht zu bremsen. »Seit einer Weile stellt Astrala in ihrer Fernsehsendung Menschen, die sich in einer verzweifelten Lebenslage befinden, ihre … ihre … na ja, nennen wir es mal ›esoterischen Kräfte‹ zur Verfügung.«

»Astrala?« Bob stutzte. »Nie gehört. Wer ist das denn?«

Mr Jonas' Gesicht rötete sich. »Dein Glück, Junge! Diese

geschäftstüchtige Hexe hat nur *eines* im Sinn: leichtgläubigen Menschen ihr Erspartes abzuluchsen!«
»Das sind böse Verleumdungen, Titus«, erwiderte Mrs Jonas. »Auch wenn es noch so unglaublich klingen mag: Meiner Freundin Emily hat Astrala den Kontakt zu ihrem verstorbenen Mann ermöglicht!«
»Bitte?!« Augenblicklich begannen Bobs innere Alarmglocken zu läuten. »Ich will Ihnen ja nicht zu nahe treten, Mrs Jonas, aber an solch einen Hokuspokus glauben Sie doch nicht wirklich!?«
»Das ist kein Hokuspokus!«, entgegnete Mathilda Jonas entschieden. »Ohne Astralas Hilfe hätte Emily die Kombination für den Safe niemals herausgefunden!«
»Safe? Was denn für ein Safe?«
»Na, der Safe ihres geliebten Horace! Er muss kurz vor seinem Tod die Kombination geändert haben. Jedenfalls konnte sie ihn nicht mehr öffnen. Astrala hat ihr dann den Tipp gegeben, in einem ganz bestimmten Buch auf dem Nachttisch nachzusehen, und tatsächlich war dort auf Seite 317 ein kleiner Zettel mit dem neuen Code eingeklebt!«
Bob schaute sie an. Das klang zwar überzeugend, aber … »Da müssen Sie etwas falsch verstanden haben, Mrs Jonas«, sagte er zögernd. »Es ist nicht möglich, mit Toten zu reden!«
Mr Jonas nickte zustimmend. »Das sage ich ihr ja auch schon die ganze Zeit! Da hat dir jemand einen Bären aufgebunden, Mathilda! Meine Meinung willst du zwar nicht hören, aber die letzte Telefonrechnung hat mir jetzt den Rest gegeben. Vierhundert Dollar musste ich berappen!«
»Die kann ich dir gerne wiedergeben«, sagte Mrs Jonas

schnippisch, »wenn man damit deinen Seelenfrieden wiederherstellen kann …«
»Mir geht es doch gar nicht ums Geld, Mathilda, sondern darum, dass du eine Betrügerin reich machst, die offensichtlich ihre Kunden nach allen Regeln der Kunst für dumm verkauft. Und darum appelliere ich an deinen gesunden Menschenverstand: Hör damit auf, dieser Hexe unser Haushaltsgeld in den gierigen Rachen zu werfen!«
Mrs Jonas schnappte wie ein Karpfen empört nach Luft. Hilfe suchend wandte sie sich an Bob. »Mein Mann stellt mich wie die letzte Idiotin hin! Das lasse ich nicht auf mir sitzen! Astrala ist keine Betrügerin. Ich werde es euch beweisen.« Sie warf einen prüfenden Blick auf ihre Armbanduhr. »Astrala ist bereits seit zehn Minuten auf Sendung. Du kommst jetzt mit ins Wohnzimmer, Bob, und bildest dir ein eigenes Urteil über die einzigartigen Fähigkeiten dieses Mediums. Anschließend kannst du dann selbst entscheiden, auf wessen Seite du dich stellst: auf die meines Mannes oder auf die der Tante deines besten Freundes Justus.«
Bob wollte widersprechen, doch Mrs Jonas fasste seine Hand und zog ihn energisch ins Wohnzimmer. Hier griff sie nach der Fernbedienung und wies den dritten Detektiv an, auf einem der drei Fernsehsessel Platz zu nehmen. Dann drückte sie auf den Knopf und auf dem Monitor erschien in Großaufnahme eine bläulich schimmernde Kristallkugel, die auf einem seltsam geformten Metallständer thronte.
»Meine Nichte ist vor zwei Jahren an einer schrecklichen und langwierigen Lungenkrankheit gestorben«, ertönte die nieder-

geschlagene Stimme einer älteren Frau, die offenbar per Telefonleitung in die Sendung hinzugeschaltet war. *»Und seitdem träume ich jede Nacht von ihr. Sie glauben ja gar nicht, wie verzweifelt ich bin. Jedes Mal schrecke ich schweißgebadet aus dem Schlaf hoch und weine mir die Augen aus.«* Aus dem Fernsehlautsprecher drang ein leises Schluchzen. *»Ich habe mich ja damit abgefunden, dass ich mein Engelchen auf diesem Planeten nie mehr wiedersehen und in meine Arme schließen werde, aber ich muss wissen, ob es ihr gut geht in der … in der anderen Welt.«*

Bob warf einen kurzen Blick auf Mrs Jonas, die völlig ergriffen mit halb geöffnetem Mund auf den Bildschirm starrte und den Worten der Anruferin lauschte.

»Ich habe etliche Stunden in der Warteschleife verbracht und bin heilfroh, dass ich jetzt endlich mit Ihnen sprechen kann. Denn Sie, Astrala, sind die Einzige, die Kontakt zu meiner kleinen Franny aufnehmen kann!«

»Bleiben Sie ganz ruhig, Helen«, ertönte nun die Stimme einer anderen Frau, während das Fernsehbild auf zwei gepflegte Hände in Großaufnahme umschwenkte, die mit langsamen Bewegungen ein feines silbernes Etui öffneten und ihm ein Räucherstäbchen entnahmen. *»Sie werden von Ihrer geliebten Franny gleich Antworten auf all Ihre Fragen erhalten, sofern die kosmischen Schwingungen einen Kontakt zu ihr erlauben …«*

Bei diesen Worten bekam Bob plötzlich eine heftige Gänsehaut. Sein Herzschlag beschleunigte sich, und ohne dass er sich dagegen wehren konnte, trat ihm der kalte Angstschweiß auf die Stirn …

Angstschweiß

»Mein Engelchen soll mir nur sagen, ob sie glücklich ist, oder ob es ihr an irgendetwas fehlt«, klagte die Anruferin mit brüchiger Stimme. *»Und ich würde natürlich auch gerne wissen, wo sie sich befindet. Ich meine … vielleicht ein klitzekleiner Hinweis … nur eine Andeutung …«*
Jetzt zoomte die Kamera erneut auf die Kristallkugel, während am unteren Bildschirmrand in Laufschrift eine zwölfstellige Telefonnummer eingeblendet wurde.
»Erzählen Sie mir noch ein bisschen mehr von der kleinen Franny«, wurde die Anruferin von der geheimnisvollen Spiritistin Astrala, deren Gesicht noch immer nicht zu sehen war, sanft aufgefordert. *»Damit sich vor meinem geistigen Auge ein plastisches Bild von Ihrem Engelchen manifestieren kann. Erst dann bin ich in der Lage, Kontakt zu ihr herzustellen.«*
Bobs Gedanken fuhren Looping in seinem Kopf. Hilfe suchend wandte er sich an Mrs Jonas. »Sagen Sie, bekommt man diese Astrala auch mal zu sehen?«
Doch Justus' Tante zischte ihm nur ein spitzes »Pssst!« zu, während sie weiterhin gebannt auf den Bildschirm blickte.
»Meine kleine Franny sieht wirklich wie ein Engelchen aus«, erklärte die Anruferin. *»Ihr blondes Haar glänzte wie Seide, ich habe es immer vor dem Zubettgehen gebürstet, und dabei haben wir im Kanon die schönsten Kirchenlieder gesungen. Dann habe ich ihr noch eine Gutenachtgeschichte vorgelesen.«*
»Oh, wie anrührend …«, säuselte Astrala, während Bob nervös mit den Fingern auf der Armlehne des Sessels trommelte.

»Ich habe schon ein Bild von ihr … Ein klares Zeichen, dass wir mit der Kontaktaufnahme beginnen können …«
Wieder wurden in Großaufnahme die Hände der Spiritistin gezeigt, wie sie nach einem Feuerzeug griff. Und dann endlich – Bob zuckte unwillkürlich zusammen – zeigte das Bild ihr Gesicht. Die etwa fünfzigjährige Frau saß an dem Tisch, auf dem die Kristallkugel lag. Sie hatte schwarze, schulterlange Haare, die ihr Gesicht umrahmten. Dazu trug sie eine große Sonnenbrille, durch deren verdunkelte Gläser die Augen nicht zu erkennen waren. Zur weißen Spitzenbluse, die ihr ein souveränes Auftreten verlieh, trug sie eine strassbesetzte Brosche mit seltsamen Zeichen. Sie zündete das Räucherstäbchen an und blies den aufsteigenden Rauch mit großer Geste in die Kamera. *»Franny …«*, hauchte sie beschwörend und rückte dabei ihre Sonnenbrille zurecht. *»Ich nehme Kontakt zu dir auf, weil deine besorgte Tante wissen möchte, ob es dir gut geht.«*
Bob kniff seine Augen zusammen und betrachtete das Gesicht der Spiritistin genau. Obwohl er eben so sicher gewesen war, diese Stimme zu kennen, sagte ihm sein Verstand nun, dass er einer Sinnestäuschung erlegen sein musste. Es konnte sich hier nur um eine zufällige Ähnlichkeit handeln.
Mathilda Jonas sah währenddessen verzückt auf den Bildschirm. »Ach, wenn ich doch auch einmal mit ihr sprechen könnte … Als Erstes würde ich allerdings *ihr* einen Ratschlag geben. Immer dieselbe langweilige Spitzenbluse! Ihre Stylisten machen wirklich keine gute Arbeit! Da kann man doch auch mal was Geschmackvolleres aussuchen!«
Bob konnte, ebenso wie Mrs Jonas, seinen Blick nicht vom

Fernseher lösen und verfolgte mit größtem Interesse den weiteren Verlauf der Sendung, in der Astrala nun erneut in die Rauchsäule blies und die Hände gebieterisch in die Höhe hob. *»Franny … kannst du mich hören? Franny … gib deiner Tante und mir ein Zeichen!«* Einige Sekunden verharrte sie in ihrer Bewegung, bis sie plötzlich zusammenzuckte und in den Qualm deutete. *»Da! Es formt sich eine Himmelspforte … und ich höre eine Stimme …«*

»Was sagt sie?«, fragte die Anruferin aufgeregt. *»So reden Sie doch!«*

Wieder pustete die Spiritistin in den Rauch und zeigte auf den Dunstschleier. *»Da ist sie! Und … Helen, es ist nicht zu fassen … Franny … sie … sie hat Flügel! Sie ist ein wahres Engelchen! Was sagst du, Liebes? Ja, deiner Tante Helen geht es gut, aber …«*

Die Anruferin hatte sich nun nicht mehr im Griff und fing heftig an zu schluchzen. *»Was – was sagt sie?«*

»Franny hat ein neues Zuhause bei ihrer Großmutter gefunden, und … und sie bittet Sie, den Herd auszuschalten, bevor ein Unglück passiert!«

»Was … oh! Die Milch! Aber … wie können Sie das … Oh, mein Gott, sie ist es wirklich!«

»Bleiben Sie ganz ruhig, Helen. Tief durchatmen. Nehmen Sie jetzt erst einmal die Milch vom Herd.«

»Moment, ich bin sofort wieder da!«

»Was hab ich dir gesagt, Bob!« Tante Mathilda sah den Jungen triumphierend an. »Das ist der Beweis! Astrala *kann* Kontakt zu den Toten aufnehmen!«

In diesem Moment zoomte die Kamera das Gesicht der

Spiritistin so dicht heran, dass Bob für den Bruchteil einer Sekunde doch ihre Augen erkennen konnte. Und jetzt hatte er Gewissheit! Blitzartig sprang er auf und wandte sich entschlossen zum Gehen.

Mrs Jonas blickte ihn überrascht an. »Was ist denn plötzlich in dich gefahren, Junge? Die Sendung ist noch lange nicht zu Ende. Du willst doch nicht etwa jetzt schon –«

»Ich muss leider sofort in die Zentrale, Mrs Jonas«, fiel er ihr ins Wort und blickte noch einmal kurz auf den Bildschirm. »Mir … mir ist etwas Wichtiges eingefallen, was ich auf der Stelle erledigen muss!«

»Jetzt, wo es gerade spannend wird?« Justus' Tante warf ihm einen verständnislosen Blick zu. »Willst du denn gar nicht wissen, was die kleine Franny ihrer Tante noch zu sagen hat?«

Bob drehte sich im Türrahmen noch einmal um und deutete verlegen auf das Ziffernblatt der großen Standuhr neben dem Kamin. »Ich bin eh schon viel zu spät dran, und wenn ich nicht innerhalb der nächsten zwei Minuten einen Anruf tätige, geht mir ein wichtiger Job durch die Lappen! Sie können mir ja später erzählen, wie die Sache ausgegangen ist!«

Mit diesen Worten verließ er hastig das Wohnzimmer und trat durch die Küche auf die Veranda hinaus, wo er um ein Haar mit Titus Jonas zusammenstieß.

Justus' Onkel wich geschickt aus und blickte Bob überrascht an. »Hoppla, Junge! Du hast es aber eilig!« Er grinste. »Dir ist das übertriebene Gehabe meiner Frau mit dieser Spiritistin auch schon nach wenigen Sekunden auf den Wecker gefallen, oder?«

Bob schüttelte abwesend den Kopf. »Nein, nein, das ist schon okay. Aber mir ist schlagartig eingefallen, dass ich noch einen dringenden –«

»Mir brauchst du nichts zu erklären, Bob. Und dass meine Frau heute *besonders* unter Strom steht, liegt wahrscheinlich auch an dem nahenden Gewitter. Da wird gleich eine gewaltige Ladung auf uns niederprasseln.« Mr Jonas deutete zum Himmel. »Sieh nur, wie dunkel es geworden ist. Aber das erspart mir wenigstens das Gießen der Pflanzen.«

Bob lächelte verkrampft und wollte sich schon in Bewegung setzen, doch Mr Jonas wies auf die zwei Feuerlöscher auf der Terrasse. »Vergiss diese beiden Dinger da nicht! Einen stell bitte neben den Eingang der Freiluftwerkstatt und den anderen nimmst du mit in eure Zentrale.«

Die Zentrale war ein alter Campinganhänger, in dem sich Bob mit seinen beiden Freunden Justus und Peter ein komplettes Büro eingerichtet hatte. Vor einigen Jahren hatten die Jungen damit begonnen, sich in ihrer Freizeit unter dem Firmenlogo *Die drei ???* als Hobby-Detektive zu betätigen, und sich zu diesem Zweck in einem ausrangierten Wohnwagen ihren Arbeitsplatz geschaffen. Um dort ungestört zu sein, hatten sie diesen unter einem Haufen Schrott getarnt. Bob benutzte als Zugang das sogenannte »Kalte Tor«, einen alten, ausgehöhlten Kühlschrank, dem die Rückwand fehlte und der dadurch als Zugang zu einem schmalen Gang diente, der ins Innere der Zentrale führte. Dort befand sich alles, was die drei Jungen für ihre Ermittlungsarbeit benötigten: Computer, ein Telefon mit integriertem Lautsprecher und Anrufbeantworter sowie ein kleines Kriminallabor.

Die drei Detektive waren mit ihrer Arbeit bisher sehr erfolgreich gewesen, und der für Recherchen und Archiv verantwortliche Bob Andrews war besonders stolz auf den Inhalt eines alten Aktenschrankes, der ebenfalls in dem engen Wohnwagen untergebracht war. Darin befanden sich – chronologisch sortiert – um die zweihundert Ordner, in denen Bob akribisch jeden einzelnen Fall ihrer bisherigen Detektivlaufbahn bis ins kleinste Detail protokolliert hatte.
Jetzt galt Bobs Aufmerksamkeit einzig und allein dem Computer. Er schaltete den Rechner an und loggte sich mit zitternden Fingern ins Internet ein. Lange musste er nicht suchen, bis sich die Homepage des Fernsehsenders *Spirit Network,* in dem die ominöse Astrala mit den Toten in Kontakt trat, auf dem Bildschirm aufbaute. Und noch schneller hatte Bob mit ein paar Klicks die Adresse des Senders herausgefunden. Mehr brauchte er vorerst nicht zu wissen. Er notierte sie in seinem Notizbuch, fuhr den Rechner wieder herunter und verließ eilig die Zentrale.
Draußen hatte sich der Himmel inzwischen noch mehr verfinstert. Während Bob auf seinen Käfer zusteuerte, drehten sich tausend Gedanken in seinem Kopf herum. Er musste irgendwie in das Fernsehstudio gelangen. Nur wie? Als er kurz darauf mit seinem Wagen auf Hollywood zusteuerte, hatte er plötzlich eine Eingebung. Auf halber Strecke parkte er vor einem Pizzaimbiss und betrat den Laden. Er bestellte eine Gemüsepizza, die ihm der Mann hinter dem Tresen zum Mitnehmen in eine Pappschachtel packte.
Mit dieser Schachtel traf Bob etwa zehn Minuten später vor dem Pförtnerhäuschen des Fernsehsenders ein und schenkte

dem Bediensteten, der gelangweilt hinter der Glasscheibe saß, sein schönstes Lächeln. »Guten Abend, Sir.«
Der Pförtner erwiderte den Gruß nicht. »Zu wem wollen Sie bitte?«, fragte er stattdessen und sah ihn über seine Brillengläser hinweg prüfend an.
Bob deutete auf den Pizzakarton. »Ich habe hier eine Pizza, die eine gewisse Mrs Astrala bei uns bestellt hat.«
»Astrala?«
»So ist es. Und man sagte mir ausdrücklich, ich möge mich beeilen, damit die Pizza noch warm bei der Empfängerin eintrifft.«
»Einen Moment …« Der Pförtner gab den Namen in seinen Computer ein. Dann scrollte er auf dem Bildschirm eine Namensliste herunter und runzelte die Stirn. »Bedaure, diese Person ist nicht in diesem Haus beschäftigt und auf der Besucherliste findet sich auch kein Eintrag.«
»Oh, Verzeihung, wie konnte ich das vergessen?« Bob trat näher an die Scheibe heran. »Astrala ist ja nur ihr Künstlername. Ihr richtiger Name lautet Franklin. Clarissa Franklin.«

Auf Sendung

Der Pförtner lächelte. »Na, *die* Lady ist mir bekannt«, erwiderte er und klickte mit der Maus eine neue Seite an. »Da hab ich sie. Halle drei, Studio C. Das zweite Gebäude links. Na, dann zisch mal los, damit die Pizza nicht kalt wird!«

»Danke, Sir!« Bob hob die Hand zum Gruß und setzte sich in Bewegung. Ihm war mulmig zumute, denn er wusste selbst nicht genau, weshalb er so fest entschlossen gewesen war, sofort zu Mrs Franklin ins Fernsehstudio zu fahren. Doch nun war es zu spät, sich darüber Gedanken zu machen, denn mit jedem Schritt kam er dem einstöckigen Flachbau näher, neben dessen verglaster Eingangstür unübersehbar ein goldenes Schild mit der Aufschrift *Studio C* prangte.

Als Bob den Eingang erreicht hatte, betrachtete er kurz sein Spiegelbild in der Glastür, atmete tief durch und betrat das Gebäude.

Der Flur, der vor ihm lag, war menschenleer. Rechts und links gingen mehrere Türen von ihm ab, die alle geschlossen waren. Kein einziger Laut war zu hören. War er hier wirklich richtig? In den Fernsehstudios, die er bisher erlebt hatte, hatte meist aufgeregtes Treiben geherrscht. Aber in diesem Gebäude war es so still wie in einem Mausoleum. Doch plötzlich öffnete sich eine der Türen und eine junge brünette Frau mit auffallend großen Ohrringen trat auf den Flur hinaus. In ihrer Hand hielt sie einen Schnellhefter, auf dem Bob den Schriftzug *Karma-Hour* entziffern konnte.

»Kann ich dir behilflich sein?« Sie lächelte Bob freundlich zu und strich sich dabei eine Haarsträhne aus der Stirn.
Bob deutete auf den Pizzakarton in seiner Hand. »Oh ja ... ich ... äh ... ich habe hier eine Pizza, die Mrs Franklin bei uns bestellt hat.«
Die Frau stutzte und senkte ihre Augenbrauen. »Clarissa isst Pizza? Das ist ja ganz was Neues! Die steht doch normalerweise eher auf Fünf-Sterne-Menüs!« Dann zog sie eine Geldbörse hervor. »Ich erledige das! Was kostet die edle Speise denn?«
Bob wurde nervös. »Ich soll die Pizza Mrs Franklin persönlich aushändigen. Das ... wurde ausdrücklich so bestellt.«
»So?«, fragte die junge Dame verwundert. Doch dann grinste sie und winkte den dritten Detektiv zu sich heran. »Na, dann komm mal mit!« Mit forschen Schritten stöckelte sie eilig vor Bob den Flur entlang, sodass er Mühe hatte, mit ihrem Tempo Schritt zu halten. Dabei warf sie einen prüfenden Blick auf ihre Armbanduhr. »Mrs Franklin ist exakt noch neun Minuten auf Sendung. Da wird sie wohl ihre Pizza kalt essen müssen. Aber das kann uns ja egal sein, nicht?«
Dann blieb sie vor einer Tür stehen, über deren Rahmen ein rotes Leuchtschild mit der Aufschrift *On Air* blinkte. Sie wandte sich um und legte mahnend einen Finger an ihre Lippen. »Du kannst mit reinkommen, aber du musst da drinnen mucksmäuschenstill sein!«
Bob nickte stumm, während sie die Tür öffnete und ihm bedeutete, ihr zu folgen.
Das Aufnahmestudio war kaum größer als ein Klassenzim-

mer. Nachdem er die Tür hinter sich geschlossen hatte, fielen Bob als Erstes zwei Männer ins Auge. Mit dem Rücken zu ihm standen sie hinter einer Kamera, auf deren Monitor er augenblicklich Mrs Franklin erkannte, die an ihrem Tisch saß und gerade ein Räucherstäbchen entzündete.

Die Frau, die Bob ins Studio geführt hatte, deutete stumm auf einen Stuhl und wies ihn damit an, Platz zu nehmen. Bob setzte sich und platzierte den Pizzakarton auf seinen Oberschenkeln. Dann rutschte er auf seinem Stuhl herum, bis er freie Sicht auf Mrs Franklin hatte. Sie saß etwa zehn Meter von ihm entfernt und blickte gerade fragend in die Kamera.

In diesem Moment ertönte eine schnarrende Stimme aus den Lautsprechern.

»Ruhe bitte! In zehn Sekunden gehen wir wieder auf Sendung. Fünf – vier – drei – zwei – eins. Und … bitte!«

Mrs Franklin strich sich eine Haarsträhne aus der Stirn. Dann ertönte das Läuten eines Telefons.

»Und nun kommen wir zum letzten Anrufer unserer heutigen Sendung. Ich kann jetzt schon eine mentale Verbindung zu ihm aufbauen und spüre ganz intensiv, dass –«

Das Läuten verstummte. Dann knackte es in den Lautsprechern.

»Hallo? Bin ich auf Sendung?«, war eine verunsicherte ältere Männerstimme zu vernehmen.

»So ist es«, antwortete Mrs Franklin und rückte ihre Sonnenbrille zurecht. »Astrala hat ein offenes Ohr für Sie, und mein drittes Auge ist nur auf Sie gerichtet … Bevor Sie weitersprechen: Sie heißen mit Vornamen Paul?«

Der Anrufer war hörbar irritiert und stutzte. *»Ja … das ist richtig. Aber woher –«*
Mrs Franklin gestikulierte geheimnisvoll mit den Händen. »Meinem dritten Auge entgeht nicht das geringste Detail. Sie brauchen nichts weiter zu tun, als sich mir zu öffnen … Welches Problem belastet Sie … Was bedrückt Sie und raubt Ihnen nachts den Schlaf?«
»Nun, ich …«, stammelte der Anrufer. *»Meine kürzlich verstorbene Frau …«*
»Maggie ist ihr Name, nicht wahr? Und Sie sind nicht im Guten auseinandergegangen, sehe ich das richtig?«, fragte Astrala.
»Sie müssen mir helfen!«, schluchzte er. *»Maggie erscheint seit ihrem Tod regelmäßig in meinen Träumen, um mir … vorzuwerfen, dass ich seit Jahren …«* Er schluckte bedrückt.
»Dass Sie eine heimliche Geliebte haben. Stimmt's?«, vollendete die Spiritistin.
Es folgte Schweigen. Mrs Franklin legte mit großer Geste ihre Hand an die Stirn. »Halt, halt, halt, Paul! Ich empfange jetzt ganz starke Signale … eine Stimme. Sie will mir etwas sagen …«
Bob saß gebannt auf seinem Stuhl und beobachtete die Spiritistin genau. Obwohl es in dem Studio ebenso drückend schwül war wie draußen, lief ihm ein eiskalter Schauer über den Rücken. Ihm war zwar aus der Vergangenheit bekannt, dass die ehemalige Psychologin über außergewöhnliche Hypnosefähigkeiten verfügte, aber dass sie in der Lage sein sollte, Kontakt zu Verstorbenen aufzunehmen, konnte er sich beim besten Willen nicht vorstellen.

»Ist … ist es Maggie?« Der Anrufer begann aufgeregt zu schnaufen. *»Können … können Sie sie hören?«*
»Ganz ruhig, Paul«, ließ Astrala verlauten und legte den Kopf in den Nacken. »Die Stimme ist weit entfernt … Ich kann sie kaum verstehen … Aber sie ruft Ihren Namen … Ich bin mir ganz sicher …«
»Nun, ich … ich hatte eigentlich gehofft, dass Sie sie vielleicht dazu bewegen könnten, mich endlich in Frieden zu lassen?«
»Verstehe!« Die Spiritistin blickte jetzt direkt in die Kamera. »Vielleicht kann uns dies weiterhelfen …« Ihre Hand griff nach einem leicht durchsichtigen, unförmigen Stein, der vor ihr auf dem Tisch lag, und hielt ihn demonstrativ in die Höhe.
»Dieser Harlekin-Opal aus Äthiopien unterstützt die Transmissionsfrequenzen in ferne Welten. Wenn man ihn durch die Finger gleiten lässt und sich mental auf die Kontaktperson konzentriert, kann er als sensibles Sprachrohr ins Jenseits fungieren …«
Bei diesen Worten sah Bob auf dem Monitor der Kamera, dass in den unteren Bildschirmbereich eine Fototafel eingeblendet wurde, auf der der Opal sowie eine Telefonnummer und die Preisangabe von zweihundertachtundneunzig Dollar zu sehen waren.
»Die Verbindung wird klarer, Paul!«, rief Mrs Franklin euphorisch. »Ja! Jetzt kann ich Maggie ganz deutlich hören!«
Der Anrufer hielt gespannt den Atem an. *»Was … was sagt sie?«,* fragte er verunsichert.
Doch Astrala schien bereits mit ihrer Kontaktperson aus dem Jenseits zu kommunizieren. »Ich … ich respektiere Ihre

Gefühle, Maggie. Ich kann Ihre Wut durchaus verstehen, dennoch appelliere ich an Ihre Vernunft. Was Sie und Paul stets verbunden hat, kann die andere Frau nicht zerstören. Es ist eine völlig andere Ebene …« Eine kurze Pause entstand. Dann horchte sie plötzlich auf und ein kurzes Lächeln fuhr durch ihr Gesicht. »Dazu … wären Sie wirklich bereit? Das ist äußerst großzügig und edelmütig. Ich … ich werde es ihm sagen. Und dann –« Sie hielt plötzlich inne und umspielte den Opal erneut mit ihren Fingern. »Maggie? – Hallo? Maggie!?« Sie blickte in die Kamera. »Die Verbindung wurde leider unterbrochen, Paul. Der Kontakt ist abgerissen.«

»Was … was hat Maggie Ihnen gesagt?« Die Aufregung des Anrufers war nicht zu überhören.

»Ich kann Sie beruhigen«, entgegnete die Spiritistin mit sanftem Unterton. »Ihre verstorbene Frau ist bereit, Ihnen Ihre Eskapaden zu verzeihen. Aber das möchte sie mit Ihnen persönlich klären.«

»Persönlich? Wie … wie darf ich das verstehen?«

Astrala hob den Opal in die Höhe und lächelte geheimnisvoll. »Wie ich eben schon erwähnte, kann dieser Stein die Verbindung ins Jenseits herstellen. Wenn Sie – und andere Interessierte – ihn unter der eingeblendeten Telefonnummer bestellen, kann er Ihnen die Möglichkeit verleihen, mithilfe der Suggestion mit Ihrer Gattin zu kommunizieren.«

»Das Angebot nehme ich wahr!«, entschied der Anrufer spontan und atmete erleichtert auf. *»Wie kann ich Ihnen das jemals danken?«*

Astrala winkte ab. »Was ich hier tue, Paul, ist ein Job wie

jeder andere auch. Und es erfüllt mich immer wieder mit tiefstem Glück, wenn ich Ihnen und anderen Zuschauern mit meinen Fähigkeiten zu ruhigem Schlaf verhelfen kann.«

In diesem Moment ertönten aus den Lautsprechern sphärische Klänge. »Und damit sind wir leider schon wieder am Ende unserer Sendung angelangt. Die Hotline bleibt noch bis Mitternacht aktiv, damit Sie, verehrte Zuschauer, den wertvollen Opal bei uns bestellen können. Ich stehe Ihnen für Ihre Fragen und Wünsche übermorgen wieder zur Verfügung und wünsche Ihnen noch einen inspirierenden Abend!«

Bob warf einen kurzen Blick zum Kameramonitor und sah, wie sich darin das Bild verdunkelte. Dann erhob sich Mrs Franklin alias Astrala von ihrem Stuhl und nahm die Sonnenbrille ab.

»Und? Wie war ich?«, erkundigte sie sich selbstbewusst und strich dabei ihre Bluse glatt.

»Eins a!«, erklang die Stimme des Regisseurs aus den Lautsprechern. »Die Drähte laufen heiß und wir haben bereits zweihundertvierundsiebzig Opale abgesetzt!«

Mrs Franklin grinste zufrieden, während die junge Frau, die Bob ins Studio geleitet hatte, an die Spiritistin herantrat.

»Dort vorn wartet der Bote, der Ihre bestellte Pizza bereithält.« Lächelnd deutete sie in Bobs Richtung.

»Pizza?« Mrs Franklin stutzte und blickte quer durch den Raum. Dann blinzelte sie verwundert und ging mit langsamen Schritten auf Bob zu.

Schwarz

Bobs Herzschlag begann unwillkürlich zu rasen. Wie in Trance erhob er sich vom Stuhl und hielt Mrs Franklin, die einen halben Meter vor ihm stehen blieb, verunsichert den Pizzakarton entgegen. Dann trafen sich ihre Blicke und sie verharrten so etliche Sekunden.
»Bob?« Mrs Franklin blieb vor Überraschung der Mund offen stehen und sie strich sich nervös durch die Haare.
Bob nickte nur stumm. Ihm fiel in diesem Moment partout nicht ein, was er sagen sollte.
Stattdessen trat die Assistentin an die beiden heran und machte ebenfalls ein verwundertes Gesicht.
»Ist alles in Ordnung, Clarissa? Oder soll ich den jungen Mann hinausbefördern lassen?«
Mrs Franklin hob entschieden die Hand zur Abwehr. »Nein, nein, Julia … Es ist nur … wir beide kennen uns. Wir sind uns schon … mehrmals begegnet.«
»Na, so ein Zufall!«, entgegnete die junge Frau und musterte Bob eingehend. »Oder ist es vielleicht gar kein Zufall?«
Bob trat verlegen von einem Bein aufs andere, wobei er noch immer den Pizzakarton wie einen Schutzschild vor sich hielt.
Mrs Franklin warf ihrer Assistentin einen kurzen, aber unmissverständlichen Blick zu. »Das wäre dann alles, Julia.«
»Verstehe!«, erwiderte diese beleidigt, drehte sich um und verließ mit schnellen Schritten das Aufnahmestudio. Nachdem sich die Tür geschlossen hatte, deutete Mrs Franklin auf den Pizzakarton und schenkte Bob ein aufreizendes Lächeln.

»Mir ist zwar im Augenblick ganz und gar nicht nach Pizza zumute, aber dich so ohne Weiteres wieder wegzuschicken wäre wohl auch unangemessen.« Sie räusperte sich kurz. »Hast du ein paar Minuten Zeit mitgebracht?«
»Wie … ich … äh … Ja, natürlich!«
»Gut. Dann warte hier auf mich. Ich will mich nur kurz meiner Perücke entledigen und meine Tasche packen. Dann kannst du mich zum Parkplatz begleiten.«
Bob nickte. Und während sich Mrs Franklin umwandte und auf eine Tür zuging, an der das Schild »Garderobe« angebracht war, warf Bob den beiden Kameramännern einen fragenden Blick zu und hielt ihnen den Pizzakarton entgegen.
»Hat einer von Ihnen vielleicht Lust auf ein Stück Pizza?«
Doch noch ehe diese reagieren konnten, hielt Mrs Franklin vor der Tür inne und drehte sich mit einem verschmitzten Lächeln um. »Untersteh dich, Bob! Die Pizza nehme ich mit nach Hause! Die wird mein Abendessen!«

Bob musste etwa fünfzehn Minuten warten, dann kehrte die Spiritistin aus der Garderobe zurück. Sie hatte die Perücke abgelegt und sah nun wieder genauso aus, wie Bob sie in Erinnerung hatte. Unter dem Arm trug sie eine prall gefüllte Handtasche.
»So, da bin ich! In zehn Minuten kommt mein Taxi. Wir gehen am besten schon nach draußen, dann können wir noch ein paar Worte wechseln.«
Sie verabschiedete sich von den beiden Kameramännern und trat mit Bob auf den Flur hinaus. Zielstrebig steuerte sie auf

den Ausgang zu und öffnete die Tür, noch ehe Bob ihr zuvorkommen konnte.
Als die beiden ins Freie traten, war es mittlerweile stockdunkel geworden. Mrs Franklin verharrte kurz und warf einen missmutigen Blick gen Himmel.
»Das wird hoffentlich gleich ein heftiges Gewitter geben. Offen gestanden kann ich es kaum erwarten. Von dieser drückenden Schwüle habe ich seit Stunden Kopfschmerzen, und die verschwinden wohl erst, wenn sich das Gewitter da oben entladen hat.«
Bob lächelte verlegen. Auf dem Weg zum Parkplatz rotierten seine Gedanken. Ihm fiel beim besten Willen nicht ein, wie er das Gespräch mit der ehemaligen Psychologin beginnen sollte, und auch Mrs Franklin sagte nichts.
Doch schließlich war sie es, die das Schweigen brach und ihn dabei mit klaren Augen anblickte. »Ich finde es bemerkenswert, dass du mich aufgespürt und heute hier im Studio aufgesucht hast. Meinen Respekt! Und doch frage ich mich die ganze Zeit, was der Grund für deinen Besuch ist.«
»Nun ja …« Bob fuhr mit der Zunge über seine trockenen Lippen und schaute verunsichert zu Boden. »Unsere letzte Begegnung war etwas …« Er schluckte. »Nun ja … etwas bizarr. Sie haben zur Klärung eines unserer Fälle erheblich beigetragen, obwohl wir zu Beginn unserer Ermittlungen damals nicht wussten, dass Sie in einer … in einer …«
»Sprich es ruhig aus«, kam ihm Mrs Franklin zu Hilfe. »Dass ich einer psychiatrischen Klinik einsaß. Doch das …«, und nun nahm ihre Stimme einen schärferen Tonfall an, »… ist Vergangenheit. Ich bin als geheilt entlassen worden

und habe mittlerweile einen völlig neuen Berufsweg eingeschlagen.«

»So sieht es aus«, entgegnete Bob. Er war froh, endlich den Faden aufnehmen zu können. »Beim Homeshopping-Kanal *Spirit Network.*«

Mrs Franklin hob missbilligend die Augenbrauen. »Passt dir etwas daran nicht?«

»Oh nein«, wehrte Bob ab. »Ich war nur überrascht, Sie plötzlich im Fernsehen wiederzusehen. Wiederzuerkennen, trotz der Perücke. Wobei ich gestehen muss, dass mir Ihre echten Haare und die Frisur weitaus ...«, er senkte die Stimme, »... besser gefallen.«

Mrs Franklin überkam ein freundliches Lächeln. Dann zuckte sie zusammen und streckte die Hand aus. »Da! Es fängt an zu regnen! Vielleicht warte ich lieber drinnen auf das Taxi ... « Sie warf einen Blick auf ihre Armbanduhr. »Warum kommt der Wagen denn eigentlich nicht?«

»Wenn es Ihnen recht ist, kann *ich* Sie auch gerne nach Hause fahren«, entgegnete Bob, ohne nachzudenken, und wunderte sich selbst über seinen spontanen Vorschlag. »Mein Wagen steht gleich dort vorne.«

»Angesichts der Tatsache, dass ich keinen Schirm bei mir habe, nehme ich dieses Angebot wirklich dankend an«, erwiderte Mrs Franklin und wischte sich einen Regentropfen von der Wange.

»Dann kommen Sie!« Bob eilte voraus und öffnete Mrs Franklin die Beifahrertür seines Käfers.

In diesem Moment zuckte ein greller Blitz durch die schwarzen Gewitterwolken, der die gesamte Umgebung für einen kurzen Moment taghell erleuchtete, und dann war alles wieder vom Dunkel verschluckt. Es folgte ein lautes Donnern und gleichzeitig begann es, in Strömen zu regnen.

Mrs Franklin sprang in den Käfer, schloss energisch die Tür und blickte dann zu Bob, der im Eiltempo den Wagen umrundet, die Tür geöffnet, sich in den Sitz geworfen und die Tür zugeschlagen hatte.

»Merkwürdig.« Das war alles, was sie sagte.

Bob hätte zu gern gewusst, was genau sie merkwürdig fand, doch anstatt danach zu fragen, manövrierte er das Auto aus der Parklücke und fragte: »Wo soll ich Sie denn hinfahren?«

»Ich … äh … nach Little Rampart.«

Little Rampart! *Der Schandfleck von Rocky Beach*, schoss es Bob durch den Kopf. In jenem zwielichtigen Viertel, das nur aus einigen heruntergekommenen Häuserblocks und Bungalows bestand, wohnte auch Skinny Norris, der Erzfeind der drei ???.

»Wir fahren am besten über die Küstenstraße und biegen dann in Richtung Stadtpark ab«, sagte Mrs Franklin.

»Alles klar«, erwiderte Bob und gab Gas.

Wieder entstand eine peinliche Stille, die nur vom unaufhörlichen Quietschen des Scheibenwischers unterbrochen wurde.

»*Was* ist denn merkwürdig?«, traute sich Bob schließlich zu fragen. Dabei blickte er angestrengt auf die Fahrbahn.

»Dich scheint wieder einmal der Himmel zu schicken.«

»Wie meinen Sie das?«

»Du bist mir bereits in der Psychiatrie zu Hilfe gekommen. Und jetzt hilfst du mir wieder aus einer misslichen Lage heraus. Ich wäre sicher klatschnass geworden.«

»Nun ja …« Bob lächelte verunsichert. »Diese beiden Fälle kann man ja wohl nicht richtig miteinander vergleichen …«
»Ich weiß«, murmelte sie.
Bob dachte daran, wie er diese Frau, die nun neben ihm auf dem Beifahrersitz saß, zusammen mit seinen beiden Detektivkollegen vor einiger Zeit eines schweren Verbrechens hatte überführen können, was ihr schließlich einen längeren Aufenthalt in der Psychiatrie beschert hatte. Dort war es dann zu einer zweiten schicksalhaften Begegnung gekommen, auf die Mrs Franklin angespielt hatte. Doch er hatte nicht vor, näher darauf einzugehen.
»Ich sehe es dir an der Nasenspitze an …«, schien Mrs Franklin seine Gedanken zu erraten, »… dass es ist dir unangenehm ist, darüber zu sprechen, und das kann ich durchaus nachvollziehen. Aber ich muss endlich einmal loswerden, dass ich weder dir noch deinen beiden Freunden gegenüber jemals Groll empfunden habe. Und dass du mich jetzt nach Hause fährst, freut ich mich wirklich sehr.«
Bob atmete erleichtert auf. »Das … höre ich wirklich gern. Und diese Sendung auf dem Shopping-Kanal …«, fuhr er vorsichtig fort. »Ich meine … das, was Sie da machen … sich mit den Toten in Verbindung setzen … das … das ist doch nicht wirklich echt, oder? Ich meine …«
»Ich muss für meinen Lebensunterhalt sorgen. Glaub bloß nicht, dass ich mit der Radieschenzucht in *Best Hope* zu Geld gekommen bin. Diese Arbeit in der Klinik war ehrenamtlich. Und da ich meinen Beruf als Psychologin nicht mehr ausüben darf, musste ich mich notgedrungen beruflich etwas umorientieren.«

Das leuchtete Bob ein. »Nur … warum tarnen Sie in der Sendung Ihr Gesicht mit einer Perücke und einer großen Sonnenbrille?«
»Purer Selbstschutz. Oder würde es *dir* gefallen, auf der Straße andauernd von Zuschauern wiedererkannt und angesprochen zu werden?«
»Seit wann …«, Bob schluckte, »… sind Sie denn …?« Er hatte Mühe, den Satz vollständig auszusprechen.
»Wieder in Freiheit? Oder meinst du auf Sendung?«
»Beides«, antwortete Bob leise.
»Vor einem halben Jahr wurde ich aus der Klinik entlassen. Und seit drei Monaten sitze ich bei *Spirit Network* im Studio und gehe meiner neuen Tätigkeit nach.«
»Ist das seriös?« Bob wandte seinen Blick kurz von der Fahrbahn und blickte Mrs Franklin durchdringend an.
»Ich helfe den Menschen aus einer schweren Not«, erklärte sie. »Vielen Anrufern geht es wirklich schlecht. Ich gebe ihnen die Möglichkeit, mit sich selbst und ihren verstorbenen Angehörigen wieder ins Reine zu kommen.«
»Okay.« Mehr wusste Bob darauf nicht zu antworten.
»Doch nun möchte *ich* noch etwas wissen.« Unvermittelt legte Mrs Franklin ihre Hand auf Bobs Schulter. »Warum bist du zu mir ins Studio gekommen?«
Bob blickte verzweifelt nach vorn. Was sollte er Mrs Franklin sagen? Genau das hatte er sich ja auch schon gefragt …
Die ehemalige Psychologin blickte ihn prüfend an. »Nun?«
Unruhig rutschte Bob auf seinem Sitz hin und her. »Ich … weiß es selbst nicht«, antwortete er ehrlich. »Irgendwie … musste ich Sie einfach wiedersehen.«

»Soso. Nun, wie auch immer. Und was tust du so mit deiner Zeit, wenn du nicht gerade einer Dame in Not zu Hilfe eilst?«
»Ach, nichts Besonderes«. Zu ihrer Detektivarbeit wollte Bob lieber nichts sagen, deshalb fügte er hinzu: »Ich arbeite aushilfsweise bei der Musikagentur von Sax Sandler, aber nur freitags für zwei Stunden.«
Danach schwiegen sie den Rest der Fahrt. Erst als Bob seinen Wagen in der Einfahrt ihres maroden Bungalows zum Stehen brachte, setzte das Gespräch wieder ein.
»Okay, da wären wir. Dann noch mal vielen Dank«, sagte Mrs Franklin und schenkte Bob ihr charmantestes Lächeln. »Keine Ahnung, ob wir uns noch einmal begegnen werden ...«
Dann öffnete sie mit einem Ruck die Beifahrertür, stieg aus, warf die Tür kräftig zu und lief mit schnellen Schritten durch den prasselnden Regen auf den Eingang ihres Hauses zu.
Irritiert blickte Bob ihr nach. Plötzlich ertönte ein lauter Knall – und seine Augen weiteten sich vor Entsetzen: Keine zehn Schritte von ihrer Haustür entfernt sackte Mrs Franklin zusammen und fiel mit dem Gesicht auf das regennasse Pflaster.
Bob löste eilig seinen Gurt, riss die Autotür auf und sprang aus dem Wagen. Regungslos lag Mrs Franklin auf dem Boden. Hatte jemand auf sie geschossen? Dann musste der Schütze noch in der Nähe sein!
In diesem Augenblick nahm Bob hinter sich eine Bewegung wahr, doch ehe er sich umdrehen konnte, spürte er einen harten Schlag auf seinen Hinterkopf – und sank ohnmächtig zu Boden.

Irritationen

Als Bob zu sich kam, nahm er ein Klingeln wahr, konnte aber nicht orten, woher es kam. Der Boden, auf dem er lag, war hart … und nass. Von oben prasselten Wassertropfen auf Bobs linke Gesichtshälfte. War er beim Duschen ausgerutscht? Mühsam drehte er sich um und betastete seinen Körper. Er war angezogen, doch seine Kleidung war vollkommen durchnässt. Was war geschehen? Und woher kam dieses anhaltende Klingeln? Bob fühlte sich benommen und in seinem Kopf verspürte er einen dumpfen Schmerz. Er öffnete die Augen und blickte in den dunklen, wolkenverhangenen Nachthimmel. Es regnete wie aus Eimern. Dann wandte er langsam den Kopf und erkannte schemenhaft seinen Käfer, der wie ein riesiges Blechgebäude neben ihm in die Höhe ragte. Die Fahrertür war geöffnet …

Jetzt erinnerte sich Bob. Er hatte Mrs Franklin vor ihrem Haus abgesetzt … Ein Schuss … Sie war vor seinen Augen zusammengebrochen … Er war aus seinem Auto gesprungen, um ihr zu Hilfe zu eilen … und dann hatte ihm von hinten jemand eins übergezogen …

Wenn nur diese heftigen Schmerzen in seinem Kopf nicht wären. Und dieses unentwegte Klingeln. Es kam aus seiner Jackentasche … sein Handy! Langsam zog er das Mobiltelefon hervor. Ohne auf das Display zu schauen, drückte er auf die grüne Taste. Das nervtötende Signal verstummte.

»Ja?«, hauchte er leise, wobei es ihn enorme Kräfte kostete, den Hörer an sein Ohr zu legen.

»Bob? Bist du da?«, ertönte es wie aus weiter Ferne aus dem Telefon.
Der dritte Detektiv erkannte die vertraute Stimme seines Freundes Justus Jonas und seine Lebensgeister erwachten.
»Ja … ich bin's …«, stammelte er und zog sich mühsam an der Fahrertür hoch. Erschöpft lehnte er sich an den Käfer und registrierte mit verschwommenem Blick den Bungalow, vor dem Mrs Franklin gelegen hatte. Aber nichts deutete mehr auf die Tragödie hin, die sich hier vor einer Weile abgespielt hatte. Die Frau war wie vom Erdboden verschluckt!
»Bist du noch dran, Bob?«, ertönte es aus dem Handy. »Was ist denn los mit dir?«
Bob wischte sich die Regentropfen aus seinem Gesicht und setzte sich mit langsamen Bewegungen in den Käfer.
»Ich … ich bin okay, Just. Glaube ich. Aber was sich hier abgespielt hat … vorhin … Ich weiß gar nicht, was … Ich bin in Little Rampart … Habe Mrs Franklin nach Hause gefahren … und dann ist sie vor ihrem Bungalow angeschossen worden … Glaube ich …«
»Bitte?!«, rief Justus ungläubig. »Mrs Franklin? Angeschossen? Du meinst doch nicht etwa *Clarissa* Franklin? Die Psychologin, die wir –«
»Genau die!«, fiel Bob ihm ins Wort. Sein Verstand begann wieder zu arbeiten. »Jemand hat aus dem Hinterhalt auf sie geschossen und dann mich von hinten niedergeschlagen. Ich war ohnmächtig, und wenn mich dein Handyklingeln nicht geweckt hätte, dann –«
»Und was ist mit Mrs Franklin?«, erkundigte sich der Erste

Detektiv aufgeregt. »Soll ich den Notarztwagen rufen? Ist sie schwer verletzt?«

Bob blickte noch einmal zu der Stelle, an der Mrs Franklin vorhin gelegen hatte. »Das ist ja das Eigenartige. Sie ist nicht mehr da … Spurlos verschwunden!«

Justus schnappte nach Luft. »Rühr dich nicht vom Fleck! Peter und ich machen uns sofort auf den Weg! Little Rampart, sagtest du? Wo genau? Wie lautet die Adresse?«

Bob blickte suchend durch die Scheiben. »Ich weiß es nicht. Mrs Franklin hat mich hierhergelotst. Und bei dem Regen kann ich kein Straßenschild erkennen.«

»Kein Problem! So groß ist die Siedlung ja nicht. Wir finden dich und sind gleich bei dir! Bleib so lange in deinem Wagen sitzen und unternimm nichts auf eigene Faust.«

»Verstanden, Erster.«

Obwohl Justus und Peter mit dem MG des Zweiten Detektivs Little Rampart in Rekordzeit erreicht hatten, waren Bob die dreizehn Minuten, die seit dem Gespräch mit Justus verstrichen waren, wie eine Ewigkeit vorgekommen. Kein Mensch hatte sich in der Zwischenzeit blicken lassen.

Jetzt saßen die drei Detektive zusammen in Bobs Käfer, während der Regen ohne Unterlass aufs Autodach prasselte. Aufgeregt schilderte Bob seinen Freunden die Ereignisse der letzten Stunden.

Justus knetete seine Unterlippe und blickte dabei immer wieder zu dem Bungalow hinüber, den die ehemalige Psychologin nach Bobs Angaben bewohnte. »Äußerst seltsam«, ließ er nachdenklich verlauten. »Hinter den Fenstern brennt

kein Licht. Und dass sich Mrs Franklin nach solch einem Attentat seelenruhig ins Bett legt und das Licht ausknipst, halte ich doch für mehr als unwahrscheinlich.«
»Vielleicht hat sie ja auch selbst den Notarzt verständigt, der sie hier abgeholt hat und –«
»Ein sehr guter Gedanke, Zweiter«, entgegnete Bob. »Aber glaubst du wirklich, dass der Notarzt Mrs Franklin ins Krankenhaus gebracht und mich hier ohnmächtig liegen gelassen hätte?«
»Okay«, gab Peter zu. »Das leuchtet ein. Aber wohin ist sie dann verschwunden? *Ohne* sich um dich zu kümmern, Bob? Es sei denn …«
»Es sei denn was?«
»Das ist die einzig logische Konsequenz …« Peter lief ein kalter Schauer über den Rücken. »Der Mörder hat, aus welchem Grund auch immer, Mrs Franklin erschossen und dann dich von hinten niedergeschlagen, damit er keinen Zeugen hat, wenn er in Ruhe die Leiche von hier verschwinden lässt …«
Bob stockte der Atem. »Dann müssen wir sofort Inspektor Cotta informieren, Freunde! Das ganze Gebiet muss weiträumig abgesperrt werden!«
Justus winkte entschieden ab. »Das könnt ihr vergessen. Das Geschehen liegt inzwischen mehr als eine halbe Stunde zurück. Selbst wenn Peters Theorie stimmen sollte, wäre der Täter in der Zwischenzeit längst über alle Berge.«
»Aber den Inspektor müssen wir trotzdem verständigen, Erster!« Peter begann am ganzen Leib zu zittern. »Mit neunundneunzigprozentiger Wahrscheinlichkeit ist hier vorhin ein

Mord verübt worden, und wir sitzen im Wagen und halten kluge Reden. Wir müssen sofort handeln!«

»Du hast ja recht, Peter«, gab sich Justus diplomatisch. »Neunundneunzig Prozent sprechen *für* deine These. Aber bevor wir nicht das verbleibende eine Prozent ausgelotet haben, bleibe ich vorsichtig. Deshalb schlage ich vor, dass wir uns persönlich davon überzeugen, ob sich Mrs Franklin nicht vielleicht doch in ihrem Bungalow aufhält.« Mit diesen Worten öffnete er die Beifahrertür und trat in den Regen hinaus. »Los, Kollegen!«

Mit einem mulmigen Gefühl stiegen Peter und Bob ebenfalls aus dem Käfer und zu dritt eilten sie auf das Haus zu. Justus trat an die überdachte Eingangstür heran und betätigte den Klingelknopf, neben dem ein weißer Aufkleber mit dem Namen *C. Franklin* angebracht war.

Gespannt hielten die drei Detektive den Atem an und lauschten. Doch im Inneren des Hauses blieb alles still.

Peters Anspannung wollte nicht weichen. »Ich sage euch, da ist niemand!«

Justus ließ sich nicht entmutigen und klingelte abermals.

Keine Reaktion.

»Aus, Leute«, entschied Peter resigniert. »Wir rufen jetzt Inspektor Cotta an.«

In dem Moment klickte es im Türschloss und der Knauf begann sich langsam zu drehen …

Zweifel

Die Tür wurde nur halb geöffnet. Die ehemalige Psychologin stand im Türrahmen und verzog keine Miene, während die Überraschung den drei Detektiven deutlich ins Gesicht geschrieben stand.

»Guten Abend, Mrs Franklin.« Justus fing sich als Erster wieder und streckte der Dame die Hand entgegen. Doch sie erwiderte die Geste nicht, blickte dem Ersten Detektiv dafür aber prüfend in die Augen.

»Was wollt *ihr* denn hier?«

»Soll das ein Witz sein?« Entgeistert trat Bob einen Schritt auf die Frau zu. »Vorhin ist auf Sie geschossen worden! Ich dachte schon, dass Sie vielleicht nicht mehr am Leben wären, und da fragen Sie uns allen Ernstes, was wir hier wollen?«

»Geschossen? Auf mich?? Was faselst du denn da?« Sie sah die drei Detektive abschätzig an. »Ist das jetzt eines eurer komischen Spielchen, oder wie? Äußerst geschmacklos!«

»Was hat das zu bedeuten?« Bob verstand die Welt nicht mehr. »Ich habe Sie doch vorhin hier abgesetzt und mit eigenen Augen gesehen, wie Sie nach dem Schuss zu Boden gefallen sind und regungslos dort liegen blieben!«

»Ich weiß nicht, wovon du redest«, entgegnete Mrs Franklin trocken. »Und was soll deiner Meinung nach passiert sein, *nachdem* ich niedergeschossen wurde?«

»Das … äh … weiß ich auch nicht, Madam.« Bob fasste sich verstört an den Kopf.

»Ich kann dir nicht folgen, Bob. Ich weiß nur, dass du mich

vorhin freundlicherweise nach Hause gefahren hast. Und nun steht ihr plötzlich zu dritt bei mir vor der Tür und tischt mir diese verrückte Geschichte auf! Wie ihr seht, erfreue ich mich bester Gesundheit!« Mrs Franklin machte keinerlei Anstalten, die drei Detektive hereinzubitten. »Angenommen, deine Geschichte entspricht der Wahrheit, Bob, warum weißt du dann nicht, was danach passiert ist?«

Justus blickte Mrs Franklin prüfend an. »Kurz nachdem Sie zu Boden gingen, wurde Bob hinterrücks niedergeschlagen. Er lag einige Zeit bewusstlos vor Ihrem Haus und daher fehlen ihm exakt diese Minuten, um berichten zu können, was sich danach ereignet hat.«

Bob stutzte. »Sie … Sie haben sich ja komplett umgezogen. Vorhin trugen Sie doch noch eine weiße Bluse und schwarze Jeans …«

»Das ist die erste Aussage, der ich in diesem Gespräch zustimmen kann«, bestätigte Mrs Franklin spöttisch. »Es wird einem ja wohl noch gestattet sein, sich nach einem anstrengenden Arbeitstag umzuziehen, oder? Ich habe jetzt Feierabend. Und daher würde ich es sehr begrüßen, wenn ihr das respektieren und mich in Ruhe lassen könntet.« Nach wie vor stand sie stocksteif in der Tür. Dabei rieb sie sich immer wieder gedankenverloren eine Stelle an ihrem Oberschenkel.

Justus wollte sich noch nicht zufriedengeben, auch wenn ihre Erklärung plausibel klang. »Verhält es sich nicht eher so, dass Sie gezwungen waren, Ihre Kleidung zu wechseln, weil Sie zuvor vor Ihrem Haus in der Pfütze gelegen haben und deshalb völlig durchnässt waren?«

Für einen kurzen Moment war in Mrs Franklins Gesicht ein

Zeichen von Verunsicherung zu erkennen. Doch schnell hatte sie ihre Gesichtszüge wieder unter Kontrolle und reagierte auf Justus' Schlussfolgerung mit einem abwertenden Blick. »Bezichtigst du mich etwa der Lüge?« Ihre Lippen verzogen sich zu einem schmalen Strich.

»Das würde ich in diesem Falle nicht wagen, Madam«, entgegnete der Erste Detektiv diplomatisch. »Aber wenn Sie das, was Bob vorhin beobachtet hat, so vehement abstreiten, ist es doch nur allzu verständlich, dass wir uns Gewissheit über den wahren Tathergang verschaffen wollen.«

Mrs Franklin lachte. »Das ist ja unglaublich! Ein Dreikäsehoch steht vor meiner Tür und fantasiert! Wie war doch gleich dein Name noch mal?«

»Justus Jonas.«

»Richtig … Justus Jonas!« Mrs Franklins Stimme nahm nun einen auffallend strengen Tonfall an. »Also, Justus. Ich habe jetzt genug von euren Spielchen. Der Einzige, der, seiner von oben bis unten durchnässten Kleidung nach zu urteilen, in einer Pfütze gelegen hat, ist euer Freund hier!« Sie deutete anklagend auf Bob. »Ich hätte da eine andere Idee, was sich hier abgespielt hat.«

Justus zog die Stirn in Falten. »Wir sind gespannt, Madam.«

»Vielleicht wolltest du mir hinterherkommen, Bob, bist auch ausgestiegen, im Schlamm ausgerutscht, mit dem Kopf gegen den Wagen geknallt und ohnmächtig zu Boden gesunken.«

»Aha«, bemerkte Bob trocken. »Und dann?«

»Vermutlich hat es während deiner Ohnmacht da oben im Himmel gerade heftig gekracht. Und dieses Geräusch hat dein Unterbewusstsein mit einem Schuss verwechselt.« Mrs Franklin lächelte. »Den Rest wirst du dir irgendwie zusammenfantasiert haben. Hast du vielleicht immer noch psychische Probleme, Bob?«

»Nun ja …« Der dritte Detektiv war sichtlich verunsichert. »Ich war ohnmächtig … das stimmt. Dennoch war ich der Auffassung, dass mich jemand von hinten niedergeschlagen hat. Aber wenn ich es jetzt beschwören müsste …«

Nun trat Peter einen Schritt auf Mrs Franklin zu. »Und Sie bleiben dabei, dass nicht auf Sie geschossen wurde?«

»Ganz genau«, sagte sie, ohne mit der Wimper zu zucken.

»Dann würde es Ihnen doch sicherlich nichts ausmachen, uns zu erklären, weshalb Sie die ganze Zeit die Hand auf Ihren Oberschenkel pressen.«

Mrs Franklin wich einen Schritt zurück und fuhr sich durchs Haar. »Ich habe viele Stunden in diesem engen Fernsehstudio auf einem verdammt unbequemen Stuhl gesessen«, sagte sie sehr schroff. »Da werde ich mir ja wohl noch mal meine müden Beine reiben dürfen, ohne deswegen gleich von euch als Lügnerin bezeichnet zu werden!« Sie schnappte einmal kurz nach Luft. »Davon einmal abgesehen muss ich mich vor euch überhaupt nicht rechtfertigen! Was wollt ihr eigentlich von mir? Könnt ihr die Vergangenheit nicht endlich ruhen lassen? Ich habe wertvolle Zeit meines Lebens in dieser … in dieser Gefangenschaft verbracht und bin gerade dabei, mich als freier Mensch neu zu orientieren. Und dann steht *ihr* plötzlich wieder vor meiner Tür und löchert mich mit euren völlig abstrusen Fragen! Deshalb wiederhole ich es noch ein letztes Mal: Nein! Auf mich wurde nicht geschossen und ich habe auch nichts zu verbergen!« Wieder rieb sie sich das Bein.

Bob blickte betroffen zu Boden. Für einige Sekunden herrschte zwischen den Anwesenden eine peinliche Stille, während der Regen weiterhin vom Himmel niederprasselte und in der Ferne ein Donnergrollen zu hören war.

Bob sah Mrs Franklin in die Augen und sagte: »Dieser ganze Vorfall ist wirklich mehr als bizarr und verwirrend. Am besten belassen wir es für heute dabei und schlafen eine Nacht darüber. Ich würde vorschlagen, wir verabschieden uns jetzt einfach und fahren nach Hause.«

»Das ist eine kluge Entscheidung!«, sagte sie mit plötzlich sanfter Stimme, und die Erleichterung, das Gespräch nun beendet zu wissen, war ihr deutlich anzusehen.

»Nein, einen Moment, bitte«, rief Peter unerwartet, als Mrs Franklin schon den Türgriff in der Hand hatte.

»Was denn noch?!«, fragte sie etwas irritiert.

»Wir alle werden heute Nacht bestimmt viel ruhiger schlafen, wenn Sie uns *beweisen* könnten, dass Sie tatsächlich keine Schusswunde am Oberschenkel haben«, antwortete Peter gelassen.

Zum Erstaunen der drei Detektive blieb Mrs Franklin ebenfalls gefasst und lächelte sogar milde. »Das würde ich ja natürlich gern tun – habe aber nicht die geringste Ahnung, wie ich das anstellen könnte.«

»Nun ja …«, erwiderte Peter, »ein kurzer Blick auf Ihren Oberschenkel würde doch ganz eindeutig klären, ob sich dort wirklich eine Schussverletzung befindet oder ob sich Bob alles nur eingebildet hat … Ganz einfach.«

Justus und Bob blickten ihren Freund irritiert an.
Für den Bruchteil einer Sekunde entglitten der ehemaligen Psychologin die Gesichtszüge, doch sogleich hatte sie sich wieder gefasst. »Ach, ich verstehe! *Darauf* läuft das Ganze also hinaus. Das ist ja der Gipfel der Unverschämtheit!«, fauchte sie und starrte die drei Freunde so böse an, dass denen ein eiskalter Schauer über den Rücken lief. »Hört auf den Rat einer erfahrenen Psychologin und lasst euch bei mir nie wieder blicken! Wenn ihr noch mal versucht, mich derart zu belästigen, ziehe ich andere Saiten auf, und dann werdet ihr euch wünschen, mir niemals begegnet zu sein!« Damit warf sie die Tür mit einem lauten Knall zu und die drei Detektive standen sprachlos im strömenden Regen …

Schmierentheater

»Ich schwöre dir, mit dieser Frau stimmt irgendwas nicht. Darauf kannst du Gift nehmen, Just!« Justus und Peter saßen in der Zentrale auf dem Schrottplatz und warteten darauf, dass Bob von seinem Aushilfsjob in der Musikagentur zurückkehrte. Dabei ließen sie die seltsamen Geschehnisse des Vorabends noch einmal Revue passieren.

»Ich gebe zu, dass auch ich meine Zweifel an der Version ihrer Geschichte habe, Peter. Sie rieb wirklich auffallend oft ihren angeblich unversehrten Oberschenkel, doch es wird sich uns wohl kaum eine weitere Gelegenheit bieten, das aufzuklären. So verärgert, wie wir sie gestern erlebt haben, wird sich Mrs Franklin unseren Fragen ganz sicher kein zweites Mal stellen.«,

Peter lachte kurz auf. »Und das ist, ehrlich gesagt, auch gut so! Ich für meine Person verspüre nicht das geringste Bedürfnis, dieser unsympathischen Dame noch ein weiteres Mal zu begegnen. Ich bekomme jetzt noch eine Gänsehaut, wenn ich –« Er hielt plötzlich inne.

»Was hast du, Zweiter? Warum sprichst du nicht weiter?«

Peter lauschte angespannt. »Da draußen hat gerade ein Wagen geparkt. Ob das Bob ist? Hat er nicht erst um acht Uhr Feierabend?« Der Zweite Detektiv schlich leise zum Kalten Tor und öffnete die Kühlschranktür vorsichtig einen kleinen Spalt, um einen Blick auf das Einfahrtstor des Schrottplatzes werfen zu können.

»Und?«, erkundigte sich Justus. »Ist er es?«

»Nein. Da fährt ein Taxi weg.« Peter kniff die Augen zusammen, um besser sehen zu können, und zuckte dann unwillkürlich zusammen. »Aber … das gibt es doch nicht! Ich glaube, ich träume!«

Neugierig trat Justus nun ebenfalls heran und spähte an Peter vorbei in die Dunkelheit. »Also, damit hätte ich nun wirklich niemals gerechnet …«, flüsterte er.

»Ich auch nicht!« pflichtete Peter ihm bei. »Aber da kann man es mal wieder sehen: Je später der Abend, desto spannender die Gäste!«

»Na, dann lass uns diesen spannenden Gast mal willkommen heißen«, grinste Justus. »Los, nach draußen, Zweiter! So schnell und leise wie möglich.«

Peter nickte und folgte seinem Freund geduckt zum Wohnhaus der Familie Jonas, dann schritten sie geradewegs auf Mrs Franklin zu, die am Eingangstor des Schrottplatzes stand. Die Hände in den Rocktaschen vergraben, blickte sie die beiden Jungen betreten an.

»Guten Abend«, sagte sie leise.

Justus erwiderte die Begrüßung, während Peter keinen Ton herausbrachte.

»Womit können wir Ihnen helfen, Madam?«

Mrs Franklin lächelte gequält. »Ich denke, dass ich euch einige Dinge erklären sollte. Und außerdem wollte ich euch bitten …«

»Ja?« Justus sah sie fragend an.

Die ehemalige Psychologin trat nervös von einem Bein aufs andere. »Können wir das bitte woanders besprechen? Ich meine … hier draußen ist vielleicht nicht der passende Ort dafür.«

»Natürlich, Madam.« Justus wies mit galanter Geste zur Freiluftwerkstatt. »Wenn Sie uns bitte folgen würden …«

»In diesen Verschlag? Da kann uns doch jeder sehen! Gibt es hier nicht einen Ort, der von außen nicht einsehbar ist? Dieser Kerl verfolgt mich …« Ängstlich blickte sie sich um.

Justus zögerte kurz. Dann atmete er tief durch und wies schließlich in die Richtung der Zentrale.

»Justus! Wir können doch nicht –«, protestierte Peter energisch.

»Lass gut sein, Zweiter. Ich denke, in diesem Fall können wir es riskieren, mal eine Ausnahme zu machen.«

Mrs Franklin lächelte dem Ersten Detektiv dankbar zu und setzte sich in Bewegung, während Peter den beiden nur widerwillig folgte.

In der Zentrale angekommen, bot Justus dem unerwarteten Gast an, in einem durchgesessenen Ledersessel Platz zu nehmen, während Peter und er sich auf zwei Campinghockern niederließen.

Ohne Umschweife kam Mrs Franklin zur Sache. »Gestern Abend wart ihr mal wieder zur rechten Zeit am rechten Ort. Und dafür bin ich euch unendlich dankbar.«

Justus hob erstaunt die Augenbrauen. »Wie dürfen wir das denn verstehen?«

»Bevor ich euch eine Antwort gebe, muss ich sicherstellen, dass ich mich auf euer absolutes Stillschweigen verlassen kann. Es ist vollkommen widersinnig, euch in dieser Angelegenheit ins Vertrauen zu ziehen, aber durch das gestrige unerwartete Auftauchen eures Freundes Bob im Studio …« Sie hielt kurz inne. »Wo ist er denn überhaupt?«

»Bob ist heute Abend mit einem Aushilfsjob beschäftigt«, gab Justus ihr knappe Auskunft. »Wir erwarten ihn aber in ungefähr einer halben Stunde zurück«, fügte er nach einem kurzen Blick auf die Uhr hinzu.
»Verstehe. Dann sollten wir besser auf ihn warten, bevor ich die Karten offen auf den Tisch lege. Schließlich steckt er ja erheblich in der ganzen Sache mit drin.«
Justus konnte seine Neugier nicht zügeln. Er begann, ungeduldig mit den Knien zu wackeln. »Wie meinen Sie das? In *welche* Sache soll Bob Ihrer Meinung nach verwickelt sein?«
Mrs Franklin zögerte kurz. »Also schön. Gestern Abend wurde tatsächlich auf mich geschossen und Bobs Schilderung der Situation entspricht in jedem Wort der Wahrheit.«
Peter fasste sich verstört an den Kopf. »Aber warum haben Sie das dann gestern so vehement abgestritten? Wozu dann das ganze Schmierentheater, wenn alles, was Bob sagte, wahr ist?«
»Ganz einfach: weil ich jetzt wohl sonst nicht mehr am Leben wäre.«
»Wie bitte?« Peter zog die Augenbrauen hoch.
»Erzählen Sie weiter«, drängte Justus.
Nervös strich sich Mrs Franklin durch die Haare. »Nachdem ich mich von Bob verabschiedet hatte und gerade im Begriff war, ins Haus zu gehen, traf mich wirklich ein Schuss am Oberschenkel. Zum Glück nur ein Streifschuss. Vor Schmerzen bin ich zu Boden gesunken und verharrte dort einige Zeit, weil ich natürlich Angst hatte, der Schütze würde noch ein weiteres Mal auf mich schießen. Trotzdem ahnte ich, dass es auch nicht ratsam sei, zu lange dort liegen zu bleiben,

und deshalb kroch ich ganz langsam Stück für Stück zu meiner Haustür, um dem Psychopathen zu entkommen.«
»Und dann?«
»Als ich mühsam den Schlüssel aus meiner Handtasche gezogen und im Knien die Tür aufgeschlossen hatte, stand plötzlich ein vermummter Mann mit einem gezückten Revolver neben mir und drängte mich in die Wohnung.« Aufgeregt schnappte die Frau nach Luft. »Ich war wie von Sinnen vor Angst und schrie ihn an, was er von mir wolle!«
»Was hat er Ihnen geantwortet?«, fragte Justus gespannt.
»Dass ich das alles noch früh genug erfahren würde. Er schob mich ins Haus, setzte sich dann aufs Sofa und gestattete mir, mit vorgehaltener Waffe, meine Schusswunde notdürftig zu versorgen.«
»Verstehe«, brachte sich nun auch Peter ins Gespräch ein. »Und bei dieser Gelegenheit haben Sie dann auch Ihre nasse Kleidung gewechselt.«
»So ist es. Der Mann hat immer wieder nervös auf sein Handy gestarrt, als ob er auf einen dringenden Anruf wartete, der aber nicht kam.« Mrs Franklin warf den zwei Detektiven ängstliche Blicke zu. »Und dann klingelte es plötzlich an meiner Haustür.«
»Das waren wir«, schlussfolgerte Justus.
Sie nickte. »Da geriet der Verbrecher in Panik, sprang vom Sofa auf und wies mich schroff an, ruhig zu bleiben und die Schnauze zu halten.«
»Welch höfliche Ausdrucksweise«, bemerkte Peter. »Und dann?«
»Ich leistete natürlich keinen Widerstand – was blieb mir

auch anderes übrig? Aber als es dann abermals klingelte, forderte mich der vermummte Kerl auf, zu öffnen und die Person, wer auch immer es sei, abzuwimmeln. Er hat sich mit dem Revolver im Anschlag hinter dem Vorhang versteckt und damit gedroht, mich bei jeglichem Fehlverhalten gnadenlos über den Haufen zu schießen.«

Peters Nackenhaare richteten sich langsam auf.

»Ihr könnt euch sicher vorstellen«, fuhr Mrs Franklin fort, »dass ich panische Angst hatte, als ihr mich an der Tür mit Bobs Beobachtungen ins Verhör genommen habt. Ich musste doch befürchten, dass der Kerl ernst macht und mich oder auch euch tatsächlich erschießt!«

Justus zupfte nachdenklich an seiner Unterlippe und versuchte, sich Mrs Franklins Lage vorzustellen. »Und wie ging es weiter, nachdem wir wieder gegangen waren?«

»Nachdem ich die Tür geschlossen hatte, wollte er natürlich wissen, wer ihr seid und woher ich euch kenne.«

Peter blickte entsetzt auf. »Sie haben dem Kerl doch nicht etwa –«

»Nein, nein«, winkte sie beruhigend ab. »Ich konnte ihn davon überzeugen, dass ihr Fans meiner Sendung wärt und Bob mich nach Hause gefahren hat, weil er eine Autogrammkarte von mir haben wollte. Die Geschichte hat er mir auch abgekauft.«

»Zum Glück …« Peter atmete erleichtert auf. »Und dann?«

»Er erhielt auf seinem Handy eine Kurzmitteilung und plötzlich ging alles sehr schnell: Er stand auf, ließ den Revolver in seiner Tasche verschwinden und sagte, dass er wiederkomme.«

Der Zweite Detektiv stutzte. »Einfach so?«
»Einfach so«, bestätigte Mrs Franklin. »Ich vermute, er hat per SMS Anweisungen hierfür erhalten, von wem auch immer. Bevor er ging, schärfte er mir noch ein, auf keinen Fall die Polizei oder sonst jemanden zu informieren, da mich sonst sein nächster Schuss tödlich treffen würde …« Die Verzweiflung und Angst, die sie empfinden musste, waren ihr deutlich anzusehen.
Justus erhob sich von seinem Hocker und begann unruhig auf und ab zu gehen. »Eine recht eigenartige Geschichte. Und Sie haben wirklich nicht den blassesten Schimmer, was dieser Mann von Ihnen wollte?«
Mrs Franklin schüttelte entschieden den Kopf. »Nicht die geringste Ahnung. Obwohl ich natürlich schon einige Feinde habe …«
»Wie dürfen wir das denn verstehen?«, horchte Peter auf.
»Liegt das nicht auf der Hand? In meiner Sendung nehme ich als Medium den Kontakt zu Verstorbenen auf. Wir erhalten im Studio immer wieder anonyme Anrufe und Drohbriefe von Menschen, die fordern, dass ich meine Arbeit einstelle.« Sie blickte die zwei Jungen irritiert an. »Ihr kennt meine Sendung doch auch, oder?«
»Offen gestanden sind wir noch nicht in den Genuss gekommen«, entgegnete Justus. »Bob hat uns aber gestern Abend kurz davon berichtet. Sie treten dort unter dem Namen Astrala in Erscheinung, richtig?«
»So ist es. Dazu trage ich eine Perücke und eine schwarze Sonnenbrille, um unerkannt zu bleiben und mich dadurch selbst zu schützen.«

»Aber das ist doch absurd!« Der Erste Detektiv setzte sich wieder zu Peter an den Tisch, griff nach einem Radiergummi und knetete nervös an ihm herum. »Derartige Sendungen – und bitte nehmen Sie es nicht persönlich, Madam – verfolgen doch nur ein einziges Ziel: leichtgläubigen oder verzweifelten Menschen durch irgendwelchen Hokuspokus das Geld aus der Tasche zu ziehen. Das ist moralisch zwar verwerflich, aber wohl kein Grund, Sie persönlich zu bedrohen oder gar einen Anschlag auf Ihr Leben zu verüben. Außerdem wird ja keiner dazu gezwungen, sich solche Sendungen anzusehen oder gar am Ende die Produkte zu kaufen.«

»Und ob! Überleg doch mal, Erster! Wenn ein Medium wirklich die Fähigkeit besäße, mit den Geistern der Verstorbenen zu kommunizieren, könnte man dadurch sicherlich auch eine Menge unaufgeklärter Kriminalfälle lösen, wenn man zum Beispiel ein Mordopfer nach dem Täter fragen könnte! Jemand, der daran glaubt und Dreck am Stecken hat, könnte sich durch ein Medium mit derartigen Fähigkeiten also durchaus bedroht fühlen!« Peter blickte Mrs Franklin zweifelnd an. »Haben Sie denn tatsächlich diese Gabe, mit Geistern zu kommunizieren, oder ist das alles nur … Hokuspokus?«

Ihre Augenlider begannen nervös zu flattern. »Ich muss schließlich meinen Lebensunterhalt verdienen. Aber das steht jetzt überhaupt nicht zur Diskussion.«

Überrascht von so viel Ehrlichkeit blickte Justus sie an und verschränkte die Arme. »Aus welchem Grund haben Sie uns heute Abend aufgesucht?«

»Ich nehme die Warnung dieses Irren, nichts der Polizei zu

sagen, sehr ernst, das könnt ihr mir glauben. Und da ich über euren engen Kontakt zu Inspektor Cotta aus eigenen Erfahrungen gut unterrichtet bin, lege ich auch euch dringend ans Herz, ihm nichts davon zu erzählen.«

»Und das war alles?«, fragte Peter irritiert.

Mrs Franklin atmete tief ein. Dann platzte es plötzlich aus ihr heraus: »Es klingt verrückt, aber … bitte übernehmt diesen Fall! Setzt euch auf die Spur dieses Psychopathen und macht ihn dingfest. Ich kann nicht zulassen, dass dieser Wahnsinnige mir meine neue Existenz zerstört!« Sie senkte ihre Stimme. »Mir ist klar, wie gefährlich das für euch ist, aber es wäre noch riskanter, wenn ich die Polizei einschalten oder den Fall gar selbst in die Hand nehmen würde. Sicher fällt es euch, schon allein aufgrund unserer Vorgeschichte, schwer, mir zu vertrauen. Aber ich flehe euch an: Helft mir!!«

Justus zögerte kurz. Doch dann zog er aus seiner Hosentasche eine Visitenkarte und reichte sie Mrs Franklin.

»Natürlich müssen wir über die Sache erst zu dritt abstimmen, bevor wir Ihnen eine verbindliche Zusage geben können«, fügte er ruhig hinzu. »Aber ich bin mir ziemlich sicher, dass Bob und Peter keine Einwände dagegen haben, Ihnen mit Rat und Tat zur Seite zu stehen. Oder, Zweiter?«

Peter gab keine Antwort und begann stattdessen plötzlich irritiert in der Luft zu schnuppern.

»Apropos Bob«, fuhr Justus fort. »Ihre Schilderungen, die gestrigen Vorkommnisse betreffend, enthalten ein bemerkenswertes Detail, das unseren dritten De…«

In diesem Moment erhob sich Peter von seinem Stuhl und trat mit besorgtem Gesichtsausdruck an das Fenster des Wohnwagens. »Sagt mal, riecht ihr das nicht auch?« Nichts Gutes ahnend, spähte er, wie bereits nur wenige Minuten zuvor, durch einen Spalt des Kalten Tores auf das Gelände des Schrottplatzes und schrie plötzlich panisch auf: »Feuer! Es brennt!«

Spurlos verschwunden

Erschrocken schossen Justus und Mrs Franklin in die Höhe und starrten Peter entgeistert an.
»Der Schrotthaufen brennt! Los, raus hier! Schnell!«
Hektisch schnappte sich der Erste Detektiv einen dicken Stapel mit den wichtigsten Aktenordnern und wies Mrs Franklin an, Peter durch die geöffnete Tür nach draußen zu folgen.
Panisch flüchteten sie durch das Kalte Tor ins Freie. Dort angelangt, erblickten sie das volle Ausmaß der Katastrophe: Lodernde Flammen umzüngelten den hohen Schrotthaufen, unter dem die Zentrale versteckt war. Bedrohliches Knistern war zu hören und das Feuer tauchte die Umgebung in ein geisterhaftes Licht.
Urplötzlich raste ein gelber VW Käfer heran und kam mit quietschenden Reifen zum Stehen. Hastig sprang Bob aus dem Wagen und rannte wild gestikulierend auf seine Freunde zu. »Da, der Feuerlöscher! Los doch!«
Geistesgegenwärtig drehte sich Peter um und entdeckte das rettende Löschgerät neben dem Eingang zur Freiluftwerkstatt. Er griff sich den schweren Behälter, entsicherte den Mechanismus und begann, das Feuer zu löschen.
»In der Zentrale steht noch einer!«, stieß Bob atemlos hervor. Und ehe ihn jemand aufhalten konnte, sprang er auf das Kalte Tor zu und verschwand in dem geöffneten Kühlschrank.
»Das ist doch Wahnsinn!«, schrie Justus ihm nach, während

Peter unaufhaltsam Schaum auf die Flammen sprühte, um sie zu ersticken. Sehr mühsam gelang es ihm, das Feuer einzudämmen.
»Wir brauchen unbedingt Hilfe, Erster!«, rief Peter keuchend vor Anstrengung. »Ruf die Feuerwehr!«
In diesem Moment kroch Bob mit dem zweiten Feuerlöscher wieder aus dem Gang und kam dem Zweiten Detektiv zu Hilfe, während Justus einen Stapel Autoreifen aus unmittelbarer Nähe des Brandherdes zog, um zu vermeiden, dass diese auch noch Feuer fingen.
»Wir schaffen das schon, Freunde!«, gab sich Bob optimistisch, und er sollte recht behalten: Nach und nach verloschen die Flammen, bis der Brand schließlich komplett gelöscht war.
Justus wischte sich erschöpft den Schweiß von der Stirn und warf dann einen kurzen Blick zum Wohnhaus hinüber. »Glücklicherweise sind Mathilda und Titus heute Abend bei Freunden zum Essen eingeladen. Die beiden wären durchgedreht, wenn sie das Drama eben miterlebt hätten.«
Peter griff nach einem langen Metallrohr und stocherte damit in dem verkohlten Schrotthaufen herum. »Sieht aus, als hätten die alten Autositze hier Feuer gefangen. Komisch ... Na ja, ich kann jedenfalls keine Glutnester mehr entdecken. Die Gefahr ist also zum Glück gebannt, Freunde!«
Justus nickte. »Nicht auszudenken, wenn das ganze Inventar unserer Zentrale ein Opfer der Flammen geworden wäre. Komm, Peter, lass uns das große Blech dort über die verkohlte Stelle legen. Ich möchte erst einmal selbst herausfinden, ob dieses Feuer im Kontext zu unserem neuesten

Auftrag steht, bevor ich Onkel Titus von dem Brand berichte.«
Bob ließ sich währenddessen auf die von Justus zur Seite geräumten Autoreifen sinken und stieß mit einem Husten den beißenden Qualm aus der Lunge. »Ach ja? Was denn für ein neuer Auftrag?«
»Tja, das frag doch am besten Mrs Frank…« Peter stutzte und sah sich suchend um. »Wo ist sie denn hin?«
Der Erste Detektiv ließ seinen Blick ebenfalls über das Gelände des Gebrauchtwarencenters schweifen, während Bob seinen Freund verständnislos ansah.
»Wovon sprichst du, Peter?«
»Wir hatten heute Abend unerwarteten Besuch«, übernahm Justus die Antwort. »Doch dann wurden wir leider durch dieses Feuer gestört, und während wir hier mit der Brandbekämpfung beschäftigt waren, scheint unsere neue Klientin spurlos verschwunden zu sein!«

Zehn Minuten später, als die drei Detektive wieder in der Zentrale saßen, konnte Bob noch immer nicht fassen, was sich während seiner Abwesenheit zugetragen hatte. »Nicht auszudenken, was passiert wäre, wenn du nicht im richtigen Moment hier aufgetaucht wärst, Bob. Ich habe in meiner Panik den Feuerlöscher gar nicht gesehen! Aber hättest du nicht eigentlich noch bei der Arbeit sein müssen?«
Der dritte Detektiv sah seine Kollegen erleichtert an. »Ein glücklicher Zufall! Ein Studiotermin ist ausgefallen. Wenn ich meinem Boss nicht noch geholfen hätte, sein Auto zu suchen, wäre ich noch früher hier gewesen. Sein Jeep war

vom Parkplatz verschwunden und er dachte zuerst, er hätte ihn vielleicht woanders abgestellt. Als wir ihn nicht finden konnten, fiel ihm dann aber plötzlich ein, dass er seiner Nichte Jessie den Zweitschlüssel überlassen hatte. Vermutlich hat sie nur vergessen, ihm Bescheid zu sagen, dass sie sich den Wagen geliehen hat. Viel Aufregung um nichts also.« Er setzte sich an den Schreibtisch. »Ich habe mir das Ganze also doch nicht eingebildet. Und ihr denkt wirklich, dass der Schrotthaufen angezündet wurde, weil Mrs Franklin uns damit beauftragt hat, diesen Kerl dingfest zu machen?«

»Davon müssen wir wohl ausgehen«, entgegnete Justus. »Denn es wäre doch ein außerordentlich seltsamer Zufall, dass hier ausgerechnet dann ein Feuer ausbricht, wenn wir mit dem Fall eines Attentates beauftragt werden. Die gegenwärtige Sachlage lässt auf einen Verbrecher schließen, dem die Sache so ernst ist, dass er es gegebenenfalls sogar in Kauf genommen hätte, dass Mrs Franklin und wir bei lebendigem Leib verbrannt wären.«

Bei dieser Vorstellung lief es dem Zweiten Detektiv eiskalt den Rücken herunter. Voller Unbehagen rutschte er auf seinem Stuhl herum. »Dann ist es wohl sonnenklar, dass wir die Finger von der Sache lassen, Just. Ich weiß ja nicht, wie es um euch bestellt ist, aber ich für meinen Teil lebe sehr gern! Außerdem war mir diese Mrs Franklin von Anfang an unheimlich. Der traue ich nach wie vor keinen Millimeter über den Weg. Habt ihr etwa schon verdrängt, was wir mit der Frau alles erlebt haben? Die ist doch knallhart! Und dann hat sie auch noch vorhin das Weite gesucht, wo jede helfende Hand vonnöten gewesen wäre!«

Justus hob beschwichtigend die Hände. »Bis zu einem gewissen Punkt kann ich deine Besorgnis ja nachvollziehen, Zweiter, aber –«

»Moment! Ich bin noch nicht fertig!«, fuhr Peter dazwischen und kam jetzt erst richtig in Fahrt. »Niemand von uns weiß, weshalb dieser Kerl tatsächlich auf die Frau geschossen und den Brandanschlag auf sie verübt hat! Es würde mich aber überhaupt nicht wundern, wenn sie die Zusammenhänge sehr genau wüsste, uns gegenüber aber die Unwissende spielt!«

»Welchen Vorteil sollte sie denn davon haben?«, schaltete sich Bob in die Debatte ein.

»Vielleicht hat die olle Franklin diesen Typen ja gelinkt und will ihm nun diesen angeblichen Mordanschlag anhängen, damit nicht *sie* im Kittchen landet, sondern *er*! Wer weiß das schon? Zuzutrauen ist ihr so eine schräge Aktion auf alle Fälle, das könnt ihr ja wohl nicht abstreiten.«

Bob sah ihn skeptisch an. »Jetzt übertreibst du aber, für solche Anschuldigungen haben wir keine Beweise.«

»Nimmst du sie jetzt etwa in Schutz? Das ist doch nicht dein Ernst«, schimpfte Peter.

Aber auch Justus schien nicht wirklich überzeugt. »Zweiter, du reagierst viel zu emotional. Deine Theorie entbehrt jeglicher Logik. Weshalb sollte sie denn ausgerechnet *uns* so ein Märchen auftischen, wo wir sie doch bisher noch jedes Mal der Lüge überführt haben? Sie muss doch davon ausgehen, dass, wenn wir uns ihres Falles annehmen, auch dieses Mal wieder die Wahrheit ans Licht kommt.«

Peter lachte hohl. »Mir bereitet vielmehr der Gedanke Kopf-

schmerzen, dass dieser unbekannte Kerl nun weiß, dass Mrs Franklin uns aufgesucht hat. Damit sind jetzt auch wir als unliebsame Zeugen zu einer Bedrohung für ihn geworden.«
Justus verzog sein Gesicht. »Und genau deswegen, Zweiter, ist es mir ein persönliches Anliegen, herauszufinden, was hinter der ganzen Geschichte steckt.«
»Das sehe ich genauso«, stimmte Bob zu. »Denn solange wir *das* nicht wissen, wird die Gefahr eines weiteren Anschlages für Mrs Franklin und uns garantiert nicht geringer werden. Ganz im Gegenteil.«
Justus nickte. »Mein Reden, Bob. Und deshalb bin ich dafür, jetzt demokratisch abzustimmen, ob wir uns des Falles annehmen oder nicht.«
Bobs Hand schnellte in die Höhe. Auch Justus hob seinen Arm.
Peter resignierte. »Damit ist die Sache wohl klar. Und wie gedenkst du vorzugehen, Erster?«
»Na, wie wohl? Wir statten Mrs Franklin einen erneuten Besuch ab und konfrontieren sie mit der Frage, weshalb sie vorhin klammheimlich vom Tatort verschwunden ist!«

Erwischt!

Wie schon am Abend zuvor ließ sich in dem Wohngebiet, in dem Mrs Franklin seit Kurzem ansässig war, kein Mensch auf der Straße blicken.

Die Fenster des Bungalows waren dunkel, was angesichts der geöffneten Vorhänge darauf schließen ließ, dass Mrs Franklin nicht zu Hause war. Justus drückte dennoch auf den Klingelknopf und verharrte mit seinen beiden Freunden unruhig vor der Haustür. Nichts rührte sich. Er klingelte erneut – keine Reaktion.

»Vielleicht ist sie nach ihrem Besuch auf dem Schrottplatz direkt ins Fernsehstudio gefahren, weil sie heute auf Sendung ist«, sagte Peter zweifelnd.

»Das ist äußerst unwahrscheinlich, Zweiter«, entgegnete Bob. »Clarissa moderiert erst morgen Abend wieder. Von 20:15 Uhr bis 20:45 Uhr, um genau zu sein. Das habe ich bereits vorhin recherchiert.«

»Wie bitte?«, reagierte Peter erstaunt. »Seit wann nennst du diese Frau denn beim Vornamen?«

Bob grinste verlegen. »Sorry, das ist mir so rausgerutscht.«

»Also, ich muss mich doch sehr wundern. Erst machst du dieser Frau im Fernsehstudio deine Aufwartung, anschließend chauffierst du sie in deinem Luxuskäfer galant nach Hause, und jetzt nennst du sie angeblich *völlig unbewusst* Clarissa? Gibt es da etwas, das wir wissen sollten?«

»Nun hör schon auf rumzustänkern, Peter«, ging Justus dazwischen und zog seine Taschenlampe hervor. »Aufgrund der widrigen Umstände war es Mrs Franklin gestern leider nicht möglich, uns in ihre Wohnung zu bitten. Aber jetzt können wir uns zumindest von außen einen Einblick in ihre Räumlichkeiten verschaffen.« Er trat an das linke Fenster, knipste die Taschenlampe an und ließ den Lichtkegel langsam durch den schmalen Vorraum gleiten.

»Und?«, flüsterte Peter, während er das umliegende Gelände im Auge behielt.

»Nichts Spektakuläres. Nur der Hausflur mit der Garderobe. Aber den konnte ich durch den Türspalt gestern schon zum Teil sehen. Also weiter, Kollegen.«

Justus schlich seinen Freunden voran zum nächsten Fenster und auch dort hatten sie freie Sicht ins Innere eines Raumes, der offensichtlich Mrs Franklins Wohnzimmer war. Der Erste Detektiv ließ den Strahl der Taschenlampe durch den Raum wandern, als er plötzlich innehielt und den Lichtkegel erneut auf den Schreibtisch richtete.

»Na, sieh mal einer an«, sagte er leise zu sich selbst.

Bob und Peter traten näher.

»Was gibt es denn da zu sehen, Just?« Neugierig drückte der Zweite Detektiv seine Nasenspitze an die Scheibe, als diese plötzlich nachgab und der Fensterrahmen lautlos in den Raum schwenkte. Erschrocken wich er zurück. »Das … das war ich nicht! Die muss vergessen haben, es zuzumachen!«

»Wirst du wohl leise sein!« Sofort knipste Justus seine Taschenlampe aus. »Besser hätte es gar nicht kommen können, Zweiter! Das verschafft uns die einmalige Gelegenheit, das äußerst interessante Objekt da drinnen etwas genauer in Augenschein zu nehmen.«

Bob gefiel das gar nicht. »Du willst da jetzt nicht wirklich einsteigen, Just. Das können wir doch nicht machen!«
»Das sind ja ganz neue Töne!« Justus warf ihm einen verwunderten Blick zu. »Außergewöhnliche Umstände erfordern außergewöhnliche Maßnahmen, Bob!« Mit einer kurzen Geste deutete er ins Wohnzimmer. »Also rein jetzt, bevor uns hier noch jemand sieht!« Ohne auf weitere Reaktionen zu warten, stützte er sich mit den Armen auf der Fensterbank ab und kletterte mit einem Ächzen hinein.
Peter und Bob zögerten kurz, doch dann nickten sie sich entschlossen zu und folgten ihrem Freund.
»Schließt die Vorhänge!«, zischte Justus ihnen aus einer Ecke des Raumes zu. »Damit man den Schein meiner Lampe von außen nicht sieht!«
Bob folgte der Anweisung. »Und was hat dich nun dazu bewogen, hier widerrechtlich einzusteigen, Erster?«
Justus leuchtete auf die Schreibtischunterlage, auf der ein auseinandergefalteter Briefbogen lag. Der Text, der darauf zu lesen war, bestand aus einzelnen Buchstaben und Wortsilben, die aus der Zeitung ausgeschnitten und sorgsam aufgeklebt worden waren!
Bob trat näher heran, griff nach dem Papier und las im Schein von Justus' Taschenlampe leise vor: »*Warum widersetzen Sie sich meinen Forderungen? Dies ist meine letzte Warnung! Wenn Sie in Ihrer Sendung von einer Person namens Roger Freeman angerufen werden, teilen Sie ihm mit, dass sein Wunsch noch in diesem Monat in Erfüllung geht. Ansonsten werden die Maßnahmen verschärft!*«
Mit einem Stirnrunzeln ließ der dritte Detektiv den Zettel

sinken. »Definitiv ein Erpresserschreiben. Aber warum hat Mrs Franklin euch davon nichts erzählt, wo sie uns doch gerade beauftragt hat, in dieser Sache zu ermitteln?«
Justus wollte soeben zu einer Erklärung ansetzen, als er plötzlich zusammenzuckte und warnend die Hand hob. Ein Auto näherte sich und hielt, zum Entsetzen der drei Detektive, unmittelbar vor dem angelehnten Fenster, dessen Vorhänge Bob erst vor wenigen Augenblicken zugezogen hatte. Der Motor wurde abgestellt, dann klappte eine Wagentür. Die Jungen erstarrten vor Schreck, während sie draußen ganz deutlich die Stimme von Mrs Franklin vernahmen.
»Telefonier ruhig noch zu Ende, ich trage schon mal die Einkäufe ins Haus!«
Die Wagentür wurde geschlossen, die Kofferraumklappe geöffnet. Papiertüten raschelten. Dann fiel die Kofferraumklappe ins Schloss zurück und die Schritte näherten sich dem Hauseingang.
»Verdammt! Jetzt sitzen wir in der Falle!«, zischte Peter und spürte Panik in sich aufsteigen. Im selben Moment war auch schon zu hören, wie die Tür aufgeschlossen wurde.
Justus sah sich blitzschnell im Zimmer um und traf instinktiv eine Entscheidung. »Hinter die Couch, Kollegen! Schnell!«
Während Peter und Justus hinter dem breiten Möbelstück in Deckung gingen, legte Bob noch rasch das Erpresserschreiben zurück auf den Schreibtisch und huschte dann zu seinen Freunden hinter das Sofa.
Mit angehaltenem Atem vernahmen sie, wie Mrs Franklin in die Küche ging und ihre Einkäufe abstellte. Dann betrat eine zweite Person die Wohnung, während gleichzeitig in der Kü-

che das Radio angeschaltet wurde, aus dem leise Jazzmusik erklang. »Soll ich das erst mal ins Eisfach legen, Clarissa?«, sagte die Besucherin. Mrs Franklin reagierte überraschend barsch: »Nicht, Laura! Das ist voll! Du weißt doch …« Dann fuhr sie in freundlicherem Tonfall fort: »Du kannst schon mal ins Wohnzimmer gehen und die Flasche öffnen. Und dann starten wir den gemütlichen Teil des Abends …«

»Okay! Ach, jetzt hab ich das Licht im Auto angelassen … bin gleich wieder da! Nicht ohne mich anfangen!« Mit diesen Worten ging der Gast wieder hinaus.

Von Neugier gepackt rutschte der Erste Detektiv hinter dem Sofa ein kleines Stück zur Seite. Direkt daneben stand ein quadratischer Blumenkübel mit einer großblättrigen Zimmerpflanze. Das üppige Blattwerk war so dicht, dass es Justus genügend Sichtschutz bot und er einen vorsichtigen Blick zur geöffneten Tür des Flures riskieren konnte.

Mrs Franklin trat ins Zimmer. Zielstrebig ging sie auf den Schreibtisch zu, drückte auf den Schalter einer kleinen Stehlampe und griff dann entschlossen nach dem Erpresserschreiben, das sie hastig in einer der Schubladen verschwinden ließ.

Kurz darauf kam die zweite Person mit einer Flasche in der Hand herein und stellte sie auf dem Couchtisch ab. Sie nahm aus einem Schrank zwei Champagnergläser und ließ sich dann mit einem Lächeln in einen Sessel sinken. »Wirklich schön hast du es hier, Clarissa! Und jetzt lass uns auf das glückliche Wiedersehen anstoßen!« Sie griff nach dem Champagner und machte sich daran, den Drahtverschluss des Korkens zu öffnen.

Justus' Herz pochte. Er hatte mit allem gerechnet, aber niemals damit, dass ausgerechnet diese Person an diesem Ort und zu diesem Zeitpunkt nur drei Meter von ihm entfernt sitzen würde!
Die Besucherin hantierte umständlich am Hals der Champagnerflasche herum, bis sich plötzlich der Korken mit einem lauten Knall löste, in hohem Bogen durchs Zimmer schoss und direkt hinter dem Sofa neben Justus zu Boden fiel! Die drei Detektive waren vor Schreck zu keiner Regung fähig, während die Besucherin schrill auflachte.
»Na, das muss ich wohl noch üben!«
»Ich hol ihn.« Clarissa erhob sich vom Sessel, um den Korken aufzuheben.
Justus fühlte sich einer Ohnmacht nahe. Wenn die Frau hinter die Couch trat, war alles verloren! Während er fieberhaft überlegte, was er tun sollte, tauchte sie auch schon neben dem Sofa auf und wich dann überrascht zurück.
»Na, sieh mal einer an!« Ein süffisantes Grinsen umspielte ihre Mundwinkel. »Wir haben unerwünschten Besuch! Los, rauskommen!«, fauchte sie die Jungen an. »Na, wird's bald?«
Resigniert gaben sich die drei Detektive geschlagen und krochen langsam aus ihrem Versteck hervor.
»Das darf ja wohl nicht wahr sein!« Ein schriller Laut entwich der verblüfften Besucherin, ehe sie mit spitzem Finger auf Justus deutete. »Diesen Wichtig-Pups kenne ich doch!«
Der Erste Detektiv ließ sich von der üblen Anrede nicht provozieren und blickte der Frau selbstbewusst ins Gesicht. »Guten Abend, Mrs Stryker! Und was haben Sie hier zu suchen?«

Misstrauen

»Wie bitte?« Die Besucherin bekam vor Empörung ein rotes Gesicht. »Ich denke nicht, dass ausgerechnet du das Recht hast, mir Fragen zu stellen!« Sie verzog angesäuert das Gesicht. »Dass ich euch noch mal begegnen muss! Ich hatte gehofft, euch nie wiederzusehen, nachdem ihr mich bei der Polizei angeschwärzt habt.«

»Das hatten Sie sich ja wohl selbst zuzuschreiben«, entgegnete Bob überraschend gelassen.

»Das sehe ich genauso«, fügte Peter hinzu.

Statt darauf einzugehen, wandte sich Laura Stryker Mrs Franklin zu. »Dürfte ich dann das Zepter an dich weiterreichen, Clarissa? Du scheinst ganz offensichtlich von dem Auftauchen dieser drei Möchtegern-Detektive weniger überrascht zu sein als ich!«

»Nun ja …« Mrs Franklin suchte verlegen nach einer passenden Erklärung. »Ich habe den drei Jungen tatsächlich erlaubt, sich hier in meiner Wohnung aufzuhalten. Aber warum sie sich bei unserem Eintreffen hinter dem Sofa versteckt haben, ist mir ebenso ein Rätsel wie dir.« Unauffällig versuchte sie, den drei Detektiven mit ihren Blicken zu signalisieren, dass sie die Karten Mrs Stryker gegenüber nicht offenlegen wollte. Nervös zupfte sie am Saum ihrer Bluse. »Ich bin im Moment wirklich sehr angespannt. Ich muss mich wohl bei euch entschuldigen, dass ich unseren Termin verschwitzt habe.«

»Und? Weshalb habt ihr euch hinter der Couch versteckt?«, fragte Mrs Stryker argwöhnisch.

»Mrs Franklin hatte uns gesagt, dass es bei ihr eventuell etwas später werden könnte, und uns für diesen Fall einen zweiten Schlüssel unter die Fußmatte gelegt«, improvisierte Justus, ohne rot zu werden. »Und dann bemerkten wir, dass auf der Hinterseite des Hauses plötzlich ein Auto anhielt …«
»Ja, und?«
»Ich weiß nicht, inwiefern Sie darüber informiert sind, dass diese Gegend in letzter Zeit häufig von Einbrechern heimgesucht wird«, spann Justus sein Lügenkonstrukt weiter. »Aber da wir wissen, dass Mrs Franklin nicht im Besitz eines Fahrzeugs ist, sind wir natürlich vom Schlimmsten ausgegangen und haben deshalb erst mal hinter dem Sofa Deckung gesucht.«
Mrs Stryker ließ nicht locker. »Und warum habt ihr euch dann nicht gleich zu erkennen gegeben, als klar war, dass es sich bei uns nicht um Einbrecher handelt?«
»Ganz einfach!«, entgegnete Peter forsch. »Weil wir sehr genau über Ihre kriminelle Vergangenheit Bescheid wissen und uns bereits hinter der Couch gefragt haben, was es wohl mit Ihrem plötzlichen Auftauchen hier auf sich hat!«
»Worauf wir von Ihnen bisher noch keine Antwort bekommen haben«, setzte Bob nach.
Laura Stryker blieb skeptisch. »Warum hast du diese Jungs zu dir bestellt, Clarissa?«, richtete sie ihre Frage nun an Mrs Franklin.
Dieser kam spontan keine passende Ausrede in den Sinn.
»Sorry, Madam, aber das ist streng vertraulich und geht *Sie* nicht das Geringste an!«, kam Bob ihr zu Hilfe.
»Pah! Siehst du das auch so, Clarissa? Na schön, dann bin ich

hier wohl überflüssig.« Tödlich beleidigt deutete Mrs Stryker auf den Couchtisch. »Die Lust auf Champagner ist mir vergangen. Ich räume freiwillig das Feld!«

»Aber, Laura …«, versuchte Mrs Franklin die Wogen zu glätten. »Es lässt sich doch bestimmt alles friedlich klären.«

Doch davon wollte die Besucherin nichts wissen. »Mach du dir mit dem Wichtig-Pups und seinem Gefolge einen heimeligen Abend, dann könnt ihr in aller Seelenruhe euer vertrauliches Anliegen besprechen. Aber ganz gewiss ohne mich!«

Wutentbrannt stapfte sie aus dem Zimmer und ließ die Haustür mit einem lauten Krachen ins Schloss fallen. Kurz darauf hörte man den Motor ihres Wagens aufheulen, der sich mit quietschenden Reifen vom Grundstück entfernte.

Mrs Franklin atmete tief durch und sah die drei Detektive schweigend an. Dann ließ sie ihrer angestauten Wut freien Lauf: »Wie könnt ihr es wagen, heimlich in meine Wohnung einzudringen und mich dann auch noch so schamlos aus dem Hinterhalt zu belauschen! Ich verlange augenblicklich eine Erklärung!«

Peter und Bob fehlten für eine halbwegs plausible Erklärung vorerst die Worte. Verunsichert sahen sie Justus an und hofften, dass er imstande war, sie aus dieser prekären Situation herauszumanövrieren.

»Nun?«, drängte Mrs Franklin ungeduldig auf eine Antwort. »Ich bin zum Platzen gespannt!«

Der Erste Detektiv wagte den Angriff nach vorn. »Wir könnten das Netz aus Lügen ohne Probleme weiterspinnen, Madam, wenn wir Ihnen jetzt Folgendes erzählen: Wir waren in größter Sorge um Sie, nachdem Sie während des Feuers auf

unserem Schrottplatz so plötzlich verschwunden sind. Hatte Sie der unbekannte Brandstifter vielleicht noch während unserer Löschaktion unbemerkt gekidnappt? Nachdem bei uns die Gefahr gebannt war, sind wir sofort hierhergefahren und mussten, nachdem wir vergeblich an Ihrer Tür geklingelt hatten, natürlich mit dem Schlimmsten rechnen: Nämlich, dass der große Unbekannte seine Drohung wahrgemacht und Sie ausgeschaltet hat. Deshalb haben wir uns zu Ihrem Bungalow Zutritt verschafft, einzig und allein um sicherzustellen, dass Ihr Leben nicht in Gefahr ist.«
Mrs Franklin hatte während Justus' Vortrag keine Miene verzogen. »Das … das ist aber nicht der wahre Grund für eure Anwesenheit hier?«
»Mitnichten. Denn im Gegensatz zu Ihnen ziehen wir es vor, unseren Klienten reinen Wein einzuschenken.«
»Ach ja!?« Ihre Augenlider begannen zu flattern. »Und wie darf ich das verstehen?«
»Die Wahrheit ist, dass wir nicht aus Sorge hierhergekommen sind, sondern um Sie über Ihr plötzliches Verschwinden zu befragen. Und wie es der Zufall wollte, haben wir dann – wohlgemerkt von außen, durch das Fenster – in diesem Raum etwas entdeckt, das es näher zu untersuchen galt.«
»Aha. Verstehe.« Mrs Franklin warf einen unauffälligen Blick zu ihrem Schreibtisch, was den drei Detektiven jedoch nicht entging.
»Um es gleich vorwegzunehmen, Madam«, fuhr Justus unbeirrt fort, »wir sind zweifelsohne widerrechtlich hier eingestiegen. Natürlich können Sie uns den Auftrag jederzeit wieder entziehen. Doch sollten Sie dabei nicht übersehen,

dass wir nur in Ihrem Sinne gehandelt haben. Denn schließlich haben Sie uns ja den Fall übertragen, um das Motiv des gefährlichen Attentäters zu ergründen. Und zu guter Letzt möchte ich noch hinzufügen, dass wir diesen Schritt nur wählen konnten, weil Sie so fahrlässig waren, Ihr Fenster offen zu lassen.«

Mrs Franklins Atem ging ruhig und regelmäßig. »Ist dein Monolog damit beendet?«, erkundigte sie sich knapp.

»Vorerst ja.«

»Und damit hat Ihnen unser Erster genügend Zeit verschafft, um sich zu überlegen, weshalb Sie uns bisher nichts über das ominöse Erpresserschreiben gesagt haben!«, versuchte Peter Mrs Franklin aus der Reserve zu locken.

»Um zwei Dinge gleich klarzustellen.« Mrs Franklin ließ sich nicht verunsichern. »Erstens handelt es sich bei Laura Stryker nicht um meine Freundin, sondern um eine ehemalige Patientin. Und zweitens: Ich beabsichtige keineswegs, euch den Auftrag wieder zu entziehen. Ganz im Gegenteil.«

Bob horchte auf. »Ganz im Gegenteil? Wie meinen Sie das?«

»Ich will damit sagen, dass mich eure Vorgehensweise beeindruckt. Ihr handelt sehr geschickt und analytisch, auch wenn ich es begrüßen würde, wenn ihr nicht noch einmal unangekündigt bei mir einsteigt!« Sie ließ sich in einen Sessel sinken und schlug die Beine übereinander. »Doch um auf das Erpresserschreiben zurückzukommen: Es steht nicht im Geringsten in Verbindung mit dem Wahnsinnigen, der mich gestern Abend angeschossen hat.«

Justus stutzte. »Woraus schließen Sie das?«

»Ich habe ihn direkt mit diesem Wisch konfrontiert und eine

Erklärung verlangt. Wenn ich eines gelernt habe, ist es die Fähigkeit, sofort zu erkennen, ob mir mein Gegenüber die Wahrheit sagt oder nicht. Und in diesem Fall war die Sache eindeutig: Er hatte keine Ahnung, wovon ich spreche. Es wird sich bei dem Absender um einen unzufriedenen Fernsehzuschauer handeln, der unter einem ausgeprägten Aufmerksamkeitsdefizit leidet. Nichts Außergewöhnliches also.«

Peter wollte sich mit dieser Erklärung nicht zufriedengeben. »Und warum haben Sie dann vorhin gegenüber Laura nichts davon erwähnt?«

»Weil ich ihr, so traurig es ist, leider auch nicht über den Weg trauen kann, ganz einfach.«

»Da wir mit Mrs Stryker, wie Sie vielleicht herausgehört haben, Madam, auch schon einschlägige Erfahrungen gemacht haben, kann ich diese Einschätzung gut nachvollziehen«, entgegnete Justus. »Wobei allen hier Anwesenden natürlich klar ist, dass wir auch mit Ihnen in der Vergangenheit schon ziemlich unangenehm aneinandergeraten sind.«

»Ich bin dir mehr als dankbar, dass du dieses Thema ansprichst, Justus«, entgegnete sie, während sie ruhig die Hände aneinanderlegte. »Früher oder später müssen wir ja doch darüber reden.«

Bob räusperte sich verlegen.

»Jeder Mensch hat eine zweite Chance verdient«, sagte sie leise. »Und ich hatte während meines Aufenthalts in der psychiatrischen Klinik genug Zeit, um über meine Fehler nachzudenken. Ich bin in der Therapie durch die Hölle gegangen. Und ich habe mir geschworen, nie mehr einem Menschen Unrecht anzutun oder ihn für meine eigenen Zwecke zu missbrauchen. Ich bedaure aus tiefstem Herzen, dass sich die Zeit nicht zurückdrehen lässt. Mehr kann und möchte ich zum jetzigen Zeitpunkt zu dieser Sache nicht sagen …«

Nach diesem Reueausspruch herrschte erst einmal Stille.

»Ich möchte noch einmal auf Mrs Stryker zurückkommen«, gab Justus schließlich als Erster dem Drang nach, in ihrem aktuellen Fall weiterzukommen. »Zum einen haben Sie vorhin erwähnt, dass es sich bei ihr um eine ehemalige Patientin aus Ihrer damaligen Therapiepraxis handelt.«

Mrs Franklin nickte zustimmend. »Das ist richtig.«

»Wie ist es dann zu verstehen, dass sie jetzt hier wieder auftaucht und mit Ihnen Champagner trinken will? Obwohl Sie Ihren Beruf als Gesprächstherapeutin längst nicht mehr ausüben und uns außerdem vorhin zu verstehen gaben, dass Sie ihr nicht im Geringsten über den Weg trauen!?«

Mrs Franklin zögerte kurz, ehe sie sich entschied zu antworten. »Ich bin zwar nicht mehr an meine ärztliche Schweigepflicht gebunden, doch wenn ich euch auf diese Frage eine ehrliche Antwort geben soll, bleibt diese unter uns. Ist das bei euch angekommen?«

Einvernehmlich nickten die Jungs.

»Also schön. Um es euch vereinfacht darzustellen: Mrs Stryker hat mich damals in meiner Praxis aufgesucht, weil sie unter Panikattacken und einer ausgeprägten Insektenphobie litt. Letzteres hatte sich bei ihr allerdings derart manifestiert, dass es mir nicht gelang, sie erfolgreich zu therapieren. Nach meiner Verhaftung haben wir dann nichts mehr voneinander gehört, bis wir uns vor einer Weile zufällig in einem Supermarkt begegnet sind. Offen gestanden war sie mir persönlich nie besonders sympathisch, doch sie reagierte auf unser Zusammentreffen beinahe euphorisch und ließ erst von mir ab, nachdem ich zugestimmt hatte, unser Wiedersehen mit einem Glas Champagner zu feiern.«

»Ach? Und dieses Treffen fand ausgerechnet heute statt?«, fragte Peter misstrauisch.

»So ist es. Aber das ist nicht der Grund, warum ich den Schrottplatz so fluchtartig verlassen habe.«

»Sondern?«

Mrs Franklin sah Justus eindringlich an. »Weißt du, was wirkliche Angst bedeutet? Dieser Kerl hat das Feuer doch nur gelegt, weil ich euch entgegen seiner Drohung trotzdem aufgesucht habe. Ich wollte einfach weg! Ich hatte Panik, dass er womöglich ein zweites Mal auf mich schießen würde, und bin blindlings geflohen!«

»Verstehe!«, entgegnete Peter zynisch. »Direkt zum Champagnertrinken mit Laura Stryker! Alles klar!«

»So ein Unsinn! Die Verabredung hatte ich völlig vergessen! Als dann mein Handy klingelte und Laura mich an den Termin erinnerte …« Sie machte eine fahrige Handbewegung. »Ich weiß ja, wie abwegig es ist, dass ich in dieser Situation mit ihr in den Laden gegangen bin, um Champagner zu kaufen. Aber ich habe einfach nur alles ausgeschaltet, um meiner Panik zu entkommen!«

Bob schüttelte verstört den Kopf. »Was für eine abstruse Geschichte …«

»Das denke ich jetzt auch. Aber man kann von einem Menschen in Panik nicht erwarten, dass er logisch handelt. Könnt ihr das verstehen? Werdet ihr weitermachen?«

Justus räusperte sich und blickte die Klientin trotz aller Zweifel zuversichtlich an. »Auch wenn es vorerst schwierig erscheint, Madam, werden wir unser Bestes geben, Licht in diese dunkle Angelegenheit zu bringen. Obwohl ich momentan einige Schwierigkeiten sehe, wie und wo wir mit unseren Ermittlungen ansetzen können. Äußerst bizarr erscheint mir dabei vor allem die Tatsache, dass nun eine weitere Person aufgetaucht ist, die wir in einem anderen Fall bereits der Polizei überstellen mussten. Das verursacht mir offen gestanden doch einige Magenschmerzen.«

»Wir bleiben aber trotzdem an der Sache dran!«, fügte Bob schnell hinzu. »Denn schließlich lautet unser Motto *Wir übernehmen jeden Fall*!«

»Das beruhigt mich ungemein«, entgegnete Mrs Franklin erleichtert, während sie prüfend ihre Fingernägel betrachtete. »Was hatte Laura denn damals ausgefressen?«, erkundigte sie sich beiläufig.

»Das kann sie Ihnen am besten selbst erzählen«, entgegnete Bob diplomatisch. »Sie hingegen sollten sich ernstlich fragen, ob es angesichts der akuten Bedrohung nicht sicherer wäre, erst einmal unterzutauchen, anstatt hier allein in diesem Bungalow zu bleiben. Ich meine, falls der Irre …«

»Der soll nur kommen …« Mit einem Pokerlächeln griff Mrs Franklin nach ihrer Handtasche und strich mit den Fingern über das raue Leder. »Ich habe mir heute Mittag auf ganz legalem Wege einen Revolver zugelegt. Falls es dieser Wahnsinnige noch einmal wagen sollte, mich zu bedrohen, werde ich mich meiner Haut schon zu wehren wissen …«

Zur besten Sendezeit

Justus und Peter verbrachten den nächsten Tag mit Onkel Titus, dem sie ihre Hilfe bei einer Haushaltsauflösung versprochen hatten. Erst am Abend trafen sich die drei Freunde wieder. Gebannt verfolgten sie auf dem Fernsehbildschirm in der Zentrale, wie Mrs Franklin – alias Astrala – ein Räucherstäbchen aus der Schachtel zog, es anzündete und mit großer Geste in den Rauch pustete.

»Ihre Schwester – Gott hab sie selig – ist sehr erbost darüber, dass Sie sämtliche Erinnerungsstücke aus dem gemeinsamen Familienbesitz ins Pfandhaus gebracht haben«, sagte sie gerade. *»Und sie bittet Sie inbrünstig, wenigstens die Perlenkette Ihrer Großmutter wieder auszulösen.«*

Dem Anrufer entwich ein fassungsloses Stammeln. *»Aber das können Sie doch unmöglich wissen!«*

Mrs Franklin strich sich vorsichtig durch das schwarze Kunsthaar ihrer Perücke. *»Ich nicht – aber Ihre Schwester!«*

Peter blieb vor Überraschung der Mund offen stehen. »Das kann sie doch unmöglich alles erraten! Wie macht die das bloß?«

Justus bedeutete Peter mit einer Handbewegung, dass er erst nach der Sendung reden wollte.

»Stephen«, fuhr Mrs Franklin fort, *»sollten Sie dieses pikante Thema nicht lieber in einem privaten Zwiegespräch mit Ihrer Schwester klären anstatt hier in aller Öffentlichkeit? Dazu kann ich Ihnen diesen Gegenstand aus geweihtem Bergkristall anbieten.«* Sie griff nach einem gläsernen, handgroßen Trichter,

den sie zur Demonstration an ihr linkes Ohr hielt. *»Dieses mundgeblasene Heiligtum, dessen Glas vor der Erhitzung von tibetanischen Mönchen in einem spirituellen Ritual geweiht wurde, kann Ihnen als Sprachrohr dienen, das die geistige Kontaktaufnahme zu Ihrer verstorbenen Schwester ermöglicht. Allerdings bekomme ich gerade von der Regie ein Zeichen, dass nur noch wenige Exemplare der streng limitierten Auflage zur Verfügung stehen.«*

Justus musste unvermittelt grinsen, denn zeitgleich wurde auf dem Bildschirm der Preis des obskuren Gegenstandes eingeblendet. »Dieses Sprachrohr kostet nur schlappe achtundsiebzig Dollar, Kollegen«, entfuhr es ihm spöttisch. »Und ich verwette meinen Titel als Erster Detektiv darauf, dass dieser Trichter zu nichts anderem zu gebrauchen ist als dazu, Flüssigkeiten hindurchzugießen.«

»Du lehnst dich aber ganz schön aus dem Fenster, Just!«, warf Peter ein.

»Seid doch mal leise!«, zischte Bob genervt, während er seinen Blick nicht vom Bildschirm lösen konnte. »Die Sendung ist doch eh gleich vorbei!« Tatsächlich verband Astrala den letzten Anrufer jetzt mit der Hotline, damit er den geweihten Zaubergegenstand erwerben konnte, und verabschiedete sich dann von ihren Zuschauern.

Bob schaltete den Fernseher aus. »Na, habe ich euch zu viel versprochen, Freunde? Diese Sendung ist ebenso skurril wie unheimlich. Das müsst ihr zugeben.«

Peter feixte. »Deine Extherapeutin als Star in einer Fernsehshow, Bob! Ist das für ihre berufliche Laufbahn nun ein Auf- oder eher ein Abstieg?«

»Erklär du mir lieber, wie sie an die privaten Informationen ihrer Anrufer herankommt, statt dich über unsere Klientin lustig zu machen«, entgegnete Bob. »Wenn ich überlege, was Mrs Franklin alias Astrala zu der Freundin deiner Tante gesagt hat … Schon unheimlich!«
»Bitte?!« Der Erste Detektiv horchte verwundert auf. »Davon hast du uns ja noch gar nichts erzählt!«
Im Telegrammstil berichtete Bob seinen beiden Freunden von dem Streit zwischen Mr und Mrs Jonas und der Geschichte von Mathildas Freundin Emily und der Zahlenkombination. Justus traute seinen Ohren kaum.
»Ich entdecke doch immer wieder neue Seiten an meiner Tante! Dass sie so blindlings auf diesen offensichtlichen Betrug reinfällt, hätte ich nie für möglich gehalten!«
»Weshalb bist du dir denn so sicher, dass diese spirituellen Gegenstände, allen voran der gläserne Sprachrohr-Trichter, nicht funktionieren sollten, um mit Verstorbenen in Kontakt zu treten?«, fragte Peter herausfordernd.
Justus verdrehte verächtlich die Augen. »Ich bitte dich, Zweiter! Wenn es tatsächlich möglich wäre, mit den Toten zu kommunizieren – glaubst du wirklich, dass man diese Geräte für nur achtundsiebzig Dollar pro Stück an ein breites Fernsehpublikum verramschen würde? Darüber hinaus hätte es ein Medium mit derartigen Fähigkeiten wohl nicht nötig, in einem Teleshop bei einem vergleichsweise kleinen Fernsehsender diese Show zu moderieren.«
»Wenngleich zur besten Sendezeit. Aber du hast recht … manchmal geht meine Fantasie mit mir durch. Und was meinst du dazu, Dritter? Du sagst ja gar nichts!«

Bob spielte gedankenverloren mit der Fernbedienung. »Das ist ja alles schön und gut«, gab er dann nachdenklich von sich. »Es erklärt aber immer noch nicht, woher Clarissa die internen Informationen bezieht, mit denen sie die Anrufer in der Sendung konfrontiert! Ich meine, vielleicht liegt in der Lösung dieses Rätsels ja die Antwort darauf, weshalb sie von dem Irren bedroht wird! Hinzu kommt die ernüchternde Tatsache, dass wir bisher noch keine einzige vernünftige Spur verfolgen konnten, die uns irgendeinen Aufschluss über das Motiv dieser Anschläge geben könnte.«

Peter griff in eine Schale geschälter Erdnüsse. »Stimmt. Dieses Mal findet sich wirklich rein gar nichts. Kein verräterischer Fußabdruck, kein seltener Zigarettenstummel oder Stofffetzen eines Kleidungsstücks, mit dem der Unbekannte in einem Dornenstrauch hängen geblieben ist. Der Täter scheint mit äußerster Vorsicht ans Werk zu gehen.«

Bob zog sein Notizbuch hervor. »Was diese Laura Stryker betrifft, habe ich mich heute Nachmittag mal im Internet etwas schlaugemacht. Es mag ja für unsere Ermittlungen keinen allzu großen Wert haben, aber ich war nach unserer gestrigen Begegnung doch neugierig, womit dieses durchtriebene Luder inzwischen ihren Lebensunterhalt bestreitet.«

»Und?«

»Nur Geduld, Zweiter! Ich hab nicht viel herausfinden können. Anscheinend hat sie einen ganz regulären Job als Sekretärin in einer Computerfirma für Überwachungssoftware.«

Jetzt griff Justus nach den Nüssen. »Was nur beweist, dass sie nach außen hin eine gutbürgerliche Fassade präsentiert. Ob sie in irgendwelche kriminellen Machenschaften verstrickt ist, finden wir auf diese Weise nicht heraus.«

Bob ließ sein Notizbuch zuklappen und legte nachdenklich den Finger an seine Schläfe. »Ich habe mir die ganze Sache heute noch einmal gründlich durch den Kopf gehen lassen. Und dabei bin ich auf ein anderes mögliches Szenario gekommen, das unseren Fall in einem völlig neuen Licht erscheinen ließe.«

»Und das wäre?« Peter sah ihn zweifelnd an.

»Überlegt doch mal: Es könnte doch sein, dass die erste Begegnung von Laura Stryker und Clarissa gar nicht zufällig war. Vielleicht ist dieses Treffen ja ganz gezielt von Mrs Stryker inszeniert worden!«

Im tiefen Dunst

Peter war von der ganzen Sache langsam ziemlich genervt. Er stand an diesem Abend offenbar gehörig auf dem Schlauch und konnte den Schlussfolgerungen seiner Kollegen kaum folgen.
Doch Bob sprach bereits weiter: »Es kann doch kein Zufall sein, dass dieses kriminelle Frauenzimmer plötzlich an einem Ort auftaucht, an dem keine vierundzwanzig Stunden zuvor ein ominöses Verbrechen stattgefunden hat! Und sich dann noch herausstellt, dass sie ausgerechnet in einem Unternehmen für Überwachungssysteme tätig ist.«
Justus nickte zustimmend. »Ganz meine Meinung, Bob! Wobei das zusätzlich die Sache erklären würde, über die ich mir schon seit drei Tagen den Kopf zerbreche.«
»Na, dann raus damit, Just! Worum geht's denn?«
»Nach deiner Schilderung des Abends, an dem Mrs Franklin vor ihrer Haustür niedergeschossen wurde, Bob, sind wir aus unerfindlichen Gründen davon ausgegangen, dass es der Schütze war, der dich anschließend außer Gefecht gesetzt hat.«
»Davon gehe ich auch jetzt noch aus«, bekräftigte Bob. »Wer sollte schließlich sonst ein Interesse daran haben, mich als unerwünschten Augenzeugen auszuschalten?«
»Das ist exakt die Frage, die mir seit diesem Abend nicht mehr aus dem Sinn geht. Denn wenn man es analytisch betrachtet, ist der Vorgang, wie du ihn beschrieben hast, vollkommen unlogisch! Und ein guter Detektiv sollte stets darauf bedacht sein –«

»Just!« Peter trommelte ungeduldig auf dem Schreibtisch herum. »Komm zur Sache!«
»Mich wundert, dass ihr noch nicht selbst darüber gestolpert seid, Kollegen!«, baute der Erste Detektiv aber vielmehr den Spannungsbogen noch weiter auf. »Denkt doch mal nach: Der Schütze wartet im Hinterhalt auf das Eintreffen von Mrs Franklin, die wider Erwarten aber nicht von einem Taxi nach Hause chauffiert wird, sondern in deinem Wagen, Bob. Die Frau steigt aus, geht auf ihren Bungalow zu, und sofort schießt er sie nieder. Bevor du überhaupt die Gelegenheit hattest, wegzufahren! Macht es euch nicht stutzig, dass er diesen kurzen Moment nicht abwarten konnte, um so auf einen unliebsamen Augenzeugen zu verzichten?«
»Na ja …«, haderte Bob mit sich selbst, »… jetzt, wo du es sagst … Aber vielleicht war es diesem Irren einfach völlig egal, was um ihn herum geschah. Oder er hatte schon vor dem Schuss entschieden, dass er mich anschließend ebenfalls außer Gefecht setzen würde.«
»Das würde ich als plausible Erklärung vielleicht noch gelten lassen«, führte Justus weiter aus, »wenn da nicht die klitzekleine Tatsache wäre, dass der Schütze nach seinen Taten keineswegs das Weite gesucht hat. Du lagst also ohnmächtig auf der Straße, während Mrs Franklin langsam zu ihrem Bungalow kroch, um sich dort in Sicherheit zu bringen. Vor ihrer Haustür wurde sie dann von dem Unbekannten mit erhobener Waffe ins Innere gedrängt, richtig?«
Einvernehmlich nickten die beiden.
»Und wieso spielte Bob ab diesem Moment für ihn plötzlich keine Rolle mehr? Er musste doch damit rechnen, dass du

wieder erwachen und umgehend die Polizei verständigen würdest! Aber was macht der unerwünschte Besucher stattdessen in Mrs Franklins Wohnung? Er setzt sich in aller Seelenruhe auf ihr Sofa und wartet geduldig auf weitere Instruktionen seines Komplizen.« Justus warf einen fragenden Blick in die Runde. »Kommt euch das nicht seltsam vor?«

»Verdammt, Just ... Darüber habe ich bisher noch gar nicht nachgedacht. Und was bedeutet das jetzt?«

»Es ist wohl mehr als eindeutig, dass du von einer zweiten Person niedergeschlagen wurdest, Bob. Der Mann in Mrs Franklins Wohnung muss davon ausgegangen sein, dass sich dieser Komplize deiner annehmen würde.«

Der dritte Detektiv wurde kreidebleich.

»Damit du keinen Alarm schlägst!«, fügte Peter ergänzend hinzu. »Nur...«, er stutzte kurz, »hat sich diese Person nicht um dich gekümmert und auch nicht daran gehindert, uns am Handy genau zu erzählen, was passiert ist!«

»Und eben darüber zerbreche ich mir den Kopf, Kollegen.« Justus griff in die Erdnussschale – doch zu seiner bitteren Enttäuschung ins Leere.

»Und was hat das alles mit Laura Stryker zu tun?«, kam Peter auf Bobs Theorie zurück. »Wieso sollte sie ihr angeblich zufälliges Treffen mit Mrs Franklin inszeniert haben, Dritter? Ich meine, welchen Nutzen sollte sie davon haben?«

»Es war ja nur ein Gedankenspiel. Vielleicht steckt sie mit diesem Irren unter einer Decke und hat sich an Clarissa herangemacht, um sich ihr Vertrauen zu erschleichen. So konnte sie leicht in Erfahrung bringen, was diese nach den Anschlägen unternehmen würde.«

Justus' Gedanken fingen an, in seinem Kopf Karussell zu fahren. »Das wäre zumindest ein mögliches weiteres Motiv, weshalb Laura Stryker so erpicht darauf war, sich mit Mrs Franklin zu treffen, um mit ihr in deren Wohnung ein Glas Champagner zu trinken.«

»Aber dann haben wir ihr dazwischengefunkt!«, freute sich Peter. »Dämlich nur, dass sie uns hinterm Sofa erwischt haben. Sonst hätten wir live miterleben können, wie Mrs Stryker auf hinterhältige Art versucht, an die nötigen Informationen zu kommen. Das wäre ein besonderes Schauspiel geworden. Die Franklin ist ja auch nicht ohne! Zwei Schlangen in einem Terrarium, wie das wohl ausgegangen wäre …«

»Auf alle Fälle hat sie ziemlich dumm aus der Wäsche geguckt. Damit haben wir ihr gehörig ins Konzept gepfuscht«, fügte Bob hinzu. »Allerdings weiß sie seitdem auch, dass wir an der Sache dran sind.«

»Das weiß sie vermutlich schon länger, Bob«, korrigierte Justus. »Denn wenn unsere Theorie stimmt, hat sie entweder selbst das Feuer auf dem Schrottplatz gelegt oder der Unbekannte hat ihr die Info über uns zukommen lassen. Das erklärt allerdings alles immer noch nicht, weshalb Mrs Stryker nichts unternommen hat, nachdem du aus der Ohnmacht erwacht bist, Bob. Sie hat tatenlos mit angesehen, wie du mit mir telefonierst. Wir hätten ja auch mit Inspektor Cotta im Schlepptau anrücken können, und dann hätte ihr Komplize in Mrs Franklins Bungalow in der Falle gesessen.«

»Vielleicht hat etwas Unerwartetes sie davon abgehalten. Oder sie wollte ausschließen, dass ich sie wiedererkenne. Und du vergisst, dass der Typ hinter dem Vorhang eine geladene Waffe auf Mrs Franklin gerichtet hatte. Ganz gleich, ob wir alleine oder mit Inspektor Cotta vor der Tür gestanden hätten: Er hätte eine Geisel gehabt!«

Peter ließ resigniert die Schultern hängen. »Und damit stehen wir quasi wieder bei null. Unsere ganzen Überlegungen sind reine Theorien, die auf völlig wackeligen Beinen stehen.«

»Ganz zu schweigen von der Frage, wie es unsere Klientin anstellt, während der laufenden Sendung an die privaten Informationen ihrer Anrufer zu kommen.«

»Diesbezüglich solltest du deine Tante morgen mal interviewen, Just«, schlug Peter vor. »Wenn diese Geschichte mit ihrer Freundin wirklich stimmt, gibt es ja nur eine Erklärung für dieses Phänomen …«

Bob ahnte, worauf Peter hinauswollte. »Jetzt komm uns bloß nicht wieder mit Hexerei oder ähnlichem Blödsinn!«

»Davon spreche ich doch gar nicht! Aber die Franklin hat doch jahrelang Hypnose und solche Dinge praktiziert. Könnte es da nicht sein, dass sie über das Telefon in das Unterbewusstsein der Anrufer eindringt?«

»Hallo!?« Bob musste sich zusammenreißen, um nicht laut loszuprusten. »Ich bitte dich, Zweiter, das Gehirn ist doch keine Computerfestplatte, in die man sich so einfach einhacken kann! Dann hätte der Geheimdienst ja ein leichtes Spiel, könnte zukünftig auf alle gängigen Verhörmethoden verzichten und stattdessen Mrs Franklin die Arbeit überlassen. Und die würden ihr sicherlich ein weitaus höheres Honorar zahlen als dieser Teleshop-Sender!«

»Wenn Mrs Franklin diese Begabung *hätte*, wie du so treffend bemerkt hast, Bob. Aber diese Fähigkeiten hat sie nicht, weil es sie schlicht und ergreifend nicht gibt!«, fügte Justus hinzu. »Es muss ein simpler Trick dahinterstecken!«

»Der wiederum aber *so* simpel nicht sein kann, denn sonst wäre unser Superhirn Justus Jonas ja schon längst dahintergekommen!« Peter wollte sich nicht so leicht von seiner Theorie abbringen lassen. »Und stellt mich ruhig weiter als Trottel hin, aber *ich* habe nicht vergessen, dass auch Bob damals unter Hypnose – und gegen seinen Willen – Geheimnisse ausplauderte, die uns anschließend in Teufels Küche gebracht haben! Und zwar unter Hypnose von Mrs Franklin, Bob! Oder soll ich sie wie du bei ihrem Vornamen nennen?« Er formte aufreizend die Lippen und hauchte ihm ein spöttisches »Clarissaaaaaaaa« entgegen.

Impulsiv schoss Bob von seinem Stuhl in die Höhe, wobei er die leere Erdnussschale mitriss, die mit einem Klirren zu Boden fiel und in unzählige Scherben zersprang. »Das sollte wohl witzig sein!«, stieß er wutentbrannt hervor, während er sich seine Jacke schnappte und auf den Ausgang der Zentrale zusteuerte. »Mir reicht's für heute! Gute Nacht!«

Von der heftigen Reaktion völlig überrascht, blickten Justus und Peter ihrem Freund entgeistert nach. Doch dieser hatte bereits die Tür zum Kalten Tor hinter sich zugeworfen.

»Aber, Bob!?«

»Was ist denn plötzlich in den gefahren?«

»Los, wir holen ihn zurück!«

Justus sprang auf, um seinem Freund zu folgen. Und auch Peter löste sich aus seiner Erstarrung und stürzte nach draußen, wo Bob bereits den Motor seines Käfers gestartet hatte und im Rückwärtsgang auf den Ausgang des Schrottplatzes zuraste. Doch weit kam er nicht, da Titus Jonas' Pick-up ihm den Weg versperrte. Bob trat auf die Bremse, würgte den Motor ab und sprang aus dem Wagen, um sich in blinder Wut zu Fuß vom Acker zu machen.

»Bob, nun lass doch den Unsinn! Bleib hier!«, versuchte Justus ihn zur Umkehr zu bewegen. Doch seine Rufe blieben ohne Wirkung. Ohne sich noch einmal umzudrehen, verschwand Bob in der Dunkelheit.

Weißes Pulver

Der Kaffee, den Tante Mathilda ihrem Neffen am nächsten Morgen in der Küche zum Frühstück servierte, hätte Tote wieder zum Leben erwecken können, so stark war er. Und das war genau die Dosis, die Justus jetzt benötigte. Bis zwei Uhr früh hatte er wach gelegen und darüber gegrübelt, warum Bob am vergangenen Abend so dermaßen aus der Fassung geraten war. Jedoch ohne Ergebnis.

»Ist dir nicht wohl, mein Junge?«, erkundigte sich Mrs Jonas mit mütterlicher Fürsorge. »Du hast dein Rührei ja noch nicht mal angerührt!«

»Alles in Ordnung, Tante.« Missmutig leerte Justus den Inhalt des Kaffeebechers in einem Zug. »Ich habe letzte Nacht nur ziemlich schlecht geschlafen.«

Augenblicklich trat Mathilda Jonas an ihren Neffen heran und legte prüfend ihre Hand an seine Stirn. »Hm … Fieber scheinst du nicht zu haben. Bedrückt dich denn etwas?«

Justus zögerte einen Moment, doch dann entschied er sich, seiner Tante wenigstens einen Teil der Wahrheit zu erzählen. »Offen gestanden, Peter und ich hatten gestern Abend eine kleine Meinungsverschiedenheit mit Bob, woraufhin er in einer Kurzschlusshandlung einfach davongelaufen ist.«

»Ach so!«, schlussfolgerte sie beruhigt. »Deshalb stand sein Wagen über Nacht auf unserem Gelände. Dein Onkel ist schon ziemlich ungehalten, weil der Käfer jetzt die Zufahrt zum Lagerschuppen blockiert. Der muss dringend da weggefahren werden.«

Justus schenkte sich einen weiteren Becher Kaffee ein. »Ich kümmere mich gleich darum.«

»Tu das, mein Junge«, entgegnete sie. »Und wegen eures Streits mach dir mal keine Sorgen, das renkt sich schon wieder ein. Ich hatte in jüngster Zeit selbst einige Dispute mit Titus, daher weiß ich, wie dir zumute sein muss.«

Justus nutzte die Gelegenheit. »Was war denn los, Tante?«

»Lächerlich, das Ganze!«, versuchte sie die Angelegenheit herunterzuspielen. »Titus hat sich nur furchtbar aufgeregt, weil ich ein paarmal über eine Hotline bei einem Fernsehsender angerufen habe, was zugegebenermaßen nicht ganz billig war. Aber die Versuchung, mit einer echten und dazu noch äußerst erfolgreichen Spiritistin sprechen zu können, war einfach zu groß. Leider bin ich auch nach unzähligen Versuchen nicht zu ihr durchgekommen. Die Anrufe landeten immer in einer endlosen Warteschleife.«

Mit einem Schlag war Justus hellwach und dankte der Fügung, dass seine Tante das Thema quasi von selbst angesprochen hatte. Behutsam versuchte er, Näheres in Erfahrung zu bringen. »Bob hatte da schon so was angedeutet. Aber deine Freundin hat mit dieser Dame gesprochen, richtig?«

»Geht es etwa schon wieder um das Thema?«

Justus und seine Tante fuhren überrascht herum. Im Türrahmen zur Terrasse stand Titus Jonas und blickte missmutig drein. »Wir wollten darüber doch kein weiteres Wort mehr verlieren«, brummte er verstimmt.

»Titus!«, entgegnete Mrs Jonas verunsichert. »Ich habe dich gar nicht kommen hören. Und überhaupt: Wir beide hatten lediglich vereinbart, dass ich nicht mehr bei dieser Hotline anrufen werde. Das hindert mich aber nicht daran, unserem Neffen von dieser charismatischen Hellseherin zu erzählen!« Sie deutete auf einen freien Stuhl. »Setz dich doch und trink einen Kaffee mit uns!«

»Wie war das jetzt mit Emily, Tante Mathilda?« Justus wollte sich nicht aus dem Konzept bringen lassen. »Ist diese Astrala tatsächlich in der Lage gewesen, ihr Dinge mitzuteilen, die sie unter normalen Umständen nicht hätte wissen können?«

»Genau so war es!«, erwiderte Mrs Jonas im Brustton der Überzeugung. »Sie hat ihr während der laufenden Sendung verraten, wo ihr geliebter Horace die Kombination für den Safe versteckt hatte, bevor er starb! Das beweist ja wohl eindeutig, dass diese Frau eine absolute Meisterin ihres Fachs ist! Glaubt ihr denn, dass ich mich sonst so oft an die Strippe gehängt hätte? Ich hätte doch zu gerne einmal erlebt, was dieses Medium *mir* alles offenbart!«

»Von welcher verstorbenen Person wolltest du denn etwas wissen?«, fragte Justus interessiert.

»Schluss jetzt!« Onkel Titus trat mit energischen Schritten in die Küche. »Statt sich weiter mit diesen Nichtigkeiten zu beschäftigen, sorg du lieber dafür, dass der Wagen vor dem Lagerschuppen entfernt wird, Justus! Das ist doch Bobs, oder? Und danach würde ich dich bitten, mir beim Entladen des Pick-ups zu helfen! Ich bin gestern Abend erst spät von einer Auktion in Venice zurückgekehrt, und da war es bereits zu dunkel.« Mehr sagte Mr Jonas nicht. Er machte auf dem Absatz kehrt und begab sich zurück auf den Schrottplatz.

Justus nahm einen letzten Schluck aus der Kaffeetasse, während seine Tante ihrem Mann seufzend nachsah.
»Und ich dachte, er hätte sich wieder beruhigt. Aber es scheint wohl am Wetter zu liegen. Diese Schwüle schon wieder ist ja nicht auszuhalten. Und das am frühen Morgen!« Mit einem Tuch betupfte sie ihre feuchte Stirn.
Durch das Küchenfenster sah Justus, wie Peter mit seinem Mountainbike auf das Gelände des Gebrauchtwarencenters gefahren kam. »Ich muss jetzt los«, sagte er kurz entschlossen und ging hinaus.
»Aber du hast dein Rührei …«
Den Rest des Satzes bekam Justus nicht mehr mit. Er erreichte den Lagerschuppen, vor dem Bobs Käfer parkte, im selben Moment, als Peter sein Gefährt mit einer Vollbremsung vor dem VW zum Stehen brachte.
»Morgen, Erster! Und? Gibt's schon was Neues von Bob?«
»Fehlanzeige«, entgegnete Justus. »Wir müssen ihn umgehend kontaktieren. Sein Wagen blockiert die Tür vom Lagerschuppen und Onkel Titus ist genervt, weil er die Möbel da drin unterstellen will.« Er deutete zum Pick-up hinüber.
»Aha. Verstehe.« Peter stieg vom Sattel und lehnte sein Fahrrad an einen Abfallcontainer. »Und wer von uns beiden darf die unangenehme Aufgabe übernehmen, bei ihm anzurufen?«
»Ich hab damit kein Problem, Zweiter. Schließlich hab ich mir gestern Abend nichts zuschulden kommen lassen.«
Peter ließ die Kinnlade runterfallen. »Alles klar! Jetzt kriege ich also den Schwarzen Peter zugeschoben, während du dich in aller Unschuld aus der Affäre ziehst!« Trotzig verschränkte

er die Arme. »Was hab ich denn so Schlimmes gemacht, außer ihm ein süßes ›Clarissa‹ zuzusäuseln?«

»Aber gerade bei diesem Thema scheint er ja so empfindlich zu sein. So aufgebracht ist er noch nie aus der Zentrale gestürmt.«

»Das ist doch völlig verrückt, wenn du mich fragst!«

Justus zupfte nachdenklich an seiner Unterlippe. »Ich habe mir die halbe Nacht das Hirn zermartert, um hinter die wahren Beweggründe dieses seltsamen Verhaltens zu kommen. Ohne den geringsten Erfolg.«

»Dann muss er die Karten eben selbst auf den Tisch legen. Am besten rufe *ich* ihn jetzt an. Bob soll herkommen, seinen Wagen vom Schuppen wegfahren und uns danach erklären –« Stutzend hielt er inne.

»Was ist denn, Zweiter?«

Peter warf einen prüfenden Blick durch das Beifahrerfenster des Käfers. »Zumindest was das Umparken seines Käfers betrifft, brauchen wir nicht auf Bob zu warten.« Er ging um das Fahrzeug herum, öffnete die unverriegelte Fahrertür und deutete vielsagend neben das Lenkrad. »Er hat den Schlüssel im Zündschloss stecken lassen!«

Interessiert trat Justus näher. »Los, Zweiter! Walte deines Amtes und klemm dich hinter das Steuer. Je eher das Fahrzeug von der Schuppentür verschwindet, desto besser!«

»Kein Problem!« Mit umständlichen Bewegungen zwängte sich Peter in den Wagen. Doch ehe er den Motor startete, tastete seine linke Hand suchend am unteren Bereich des Fahrersitzes entlang.

»Ist was?«, erkundigte sich Justus verwundert.

»Mir war gar nicht bewusst, dass ich so viel längere Beine habe als Bob! Wo stellt man denn diesen blöden Sitz nach hinten? So kann ich unmöglich … Ah, hier!« Er zog an einem länglichen Griff und schob den Fahrersitz zurück. In diesem Moment kam darunter ein kleines Klarsichttütchen zum Vorschein, dessen Inhalt beim ersten Hinschauen an Mehl erinnerte. »Was ist das denn?« Mit einem unheilvollen Gefühl hob er das Päckchen auf und hielt es prüfend gegen das Licht.

»Was hast du denn da?«, erkundigte sich Justus neugierig und griff nach dem Tütchen, das Peter ihm hinhielt.

»Das habe ich gerade unter dem Sitz gefunden.«

Justus blickte sich verstohlen um. Dann ließ er den merkwürdigen Fund unauffällig in seiner hinteren Hosentasche verschwinden. »Los«, zischte er in höchster Erregung. »Stell den Wagen neben der Freiluftwerkstatt ab! Danach ziehen wir uns sofort in die Zentrale zurück!«

Peter folgte der Aufforderung und parkte den Käfer an der vereinbarten Stelle. Keine zwei Minuten später saßen sie am Tisch in ihrem Detektivbüro, wo Justus den Inhalt des Tütchens sogleich einer näheren Prüfung unterzog.

»Mir schmeckt das nicht, Just … ganz und gar nicht …«, ließ Peter beklommen verlauten, während sich Justus vorsichtig daranmachte, das wiederverschließbare Tütchen zu öffnen. Dann hielt er es sich unter die Nase und schnüffelte vorsichtig daran.

»Und?«

»Riecht irgendwie chemisch«, gab Justus zur Antwort.

»Meinst du, das sind Drogen?«

»Da bin ich kein Fachmann, Zweiter. Und bevor ich mich zu einer vorschnellen Äußerung hinreißen lasse, die Bob unter Umständen in einem falschen Licht erscheinen ließe, lautet meine Empfehlung, den Ball erst mal flach zu halten.« Er drehte das Tütchen zwischen seinen Fingern hin und her. »Ich plädiere dafür, dass wir den Inhalt erst einmal auf das Genaueste analysieren, bevor wir Bob mit diesem Fund konfrontieren. Danach können wir immer noch entscheiden, welchen Weg wir einschlagen.«
»Aber wo und von wem willst du denn das Zeug untersuchen lassen? Wenn sich herausstellt, dass es sich tatsächlich um Drogen handelt, kämen wir in heftige Erklärungsnot. Es sei denn, wir behaupten, dass wir das Tütchen zufällig auf der Straße gefunden haben.«
»Keine Sorge. Ich werde diese Substanz einer eigenen Prüfung unterziehen. Unser kleines Chemielabor ist zwar lange nicht mehr zum Einsatz gekommen, aber unter Zuhilfenahme des Internets werde ich schon selbst herausfinden, woraus dieses weiße Pulver besteht!«
Peter war die Sache nicht geheuer. »Aber wenn wir Bob davon erst mal nichts sagen wollen … angenommen, ihm gehört dieses Zeug wirklich … dann wird er den Verlust doch sicherlich schnell bemerken und –«
»Ich werde nur eine klitzekleine Probe entnehmen, das reicht für meine Untersuchungen vollkommen aus. Danach legen wir das Tütchen wieder an seinen Platz zurück. So, als sei nichts gewesen.«
»Dann leg jetzt einen Zahn zu, Erster«, drängte Peter zur Eile. »Sonst stehen wir äußerst dumm da, falls er gleich auf

dem Schrottplatz auftaucht und uns beim Zurücklegen erwischt!«

Verstört starrte Peter auf das kleine Tütchen. »Ich will Bob ganz bestimmt nichts Böses nachsagen und ich bin ebenso wie du von seiner Unschuld überzeugt. Aber wenn er, entgegen unserer Vermutung, doch etwas mit dem Zeug zu tun haben sollte, würde das zumindest sein äußerst seltsames Verhalten der letzten Tage erklären …«

Die zwei Detektive verfielen in nachdenkliches Schweigen, aus dem sie unerwartet durch das schrille Klingeln des Telefons herausgerissen wurden. Justus nahm den Hörer ab und drückte sogleich auf die Lautsprechertaste. »Ja, Justus Jonas von den drei Detektiven.«

»Hi, Erster«, ertönte es aus dem Apparat. »Hier ist Bob. Ich glaube, wir drei sollten mal dringend miteinander reden …«

Tiefe Gefühle

Am Nachmittag trafen sich die drei Detektive in einer Milchshake-Bar, die vergangene Woche unter dem Namen ›Dancing Cow‹ in Rocky Beach eröffnet hatte, zu einer Aussprache.

»Kommen wir am besten gleich zur Sache, Freunde«, sagte Bob, nachdem sie ihre Shakes bestellt hatten. »Ich muss mich bei euch für mein dämliches Verhalten entschuldigen, das ist klar. Vor allem deswegen, weil es in erster Linie gar nichts mit euch zu tun hatte.«

»Na ja, so ganz stimmt das auch nicht«, gab Peter reumütig zu. »Irgendwie scheine ich gestern mit meinen spitzen Bemerkungen einen äußerst empfindlichen Nerv bei dir getroffen zu haben.«

»Und genau darüber möchte ich mit euch sprechen. Ich kann es mir bis heute nicht erklären, Freunde, aber seit mich Mrs Franklin damals in der Therapiestunde hypnotisiert hat, löst diese Person ganz eigenartige Gefühle in mir aus, sobald ich ihr begegne. Es reicht sogar schon aus, wenn ich sie im Fernsehen sehe oder einfach ihre Stimme höre.«

In Justus wurden Erinnerungen wach. »Kannst du diese Gefühle näher beschreiben, Bob?«

»Das ist schwer …« Sichtlich nervös begann der dritte Detektiv, mit seinem Finger kleine Kreise auf der Papiertischdecke zu ziehen.

»Soooooooo, da kommen die Milchshakes!«, ertönte es plötzlich von der Seite. Der Kellner trat mit einem Tablett

heran. »Hier haben wir den *Strawberry-Dream*, die *Banana-Symphony* und die *Peach-Illusion*! Wer kriegt was?«
»Der Bananenshake ist für mich«, meldete sich Peter.
Justus zog den Erdbeershake zu sich heran.
»Na, dann lasst es euch mal schmecken, Jungs!« Mit einem Zwinkern wandte sich der Kellner um und tänzelte in Richtung Tresen davon.
Bob setzte sogleich den Strohhalm an die Lippen. »Mmmmmhhh … köstlich, Freunde!«
»Und?«
»Wie der Name schon sagt, Erster! Der volle Geschmack von naturidentischem Pfirsicharoma!«
»Ich spreche von Mrs Franklin, Bob.« Justus ließ sich nicht vom Thema ablenken, nippte aber auch an seinem Shake.
»Ich weiß es nicht. Ich kann dir wirklich nicht sagen, ob mich diese Frau nun fasziniert oder mir einfach nur unheimlich ist. Vielleicht ist es auch irgendwas dazwischen. Ich hatte sie längst aus meinem Gedächtnis gestrichen, als ich sie letzte Woche in dieser schrägen Fernsehsendung wiedersah. Oder ich muss wohl genauer sagen, ihre Stimme wiedererkannt habe, da sie ja mit der Perücke und der schwarzen Sonnenbrille vollkommen unkenntlich war. Seitdem bin ich irgendwie nicht mehr ich selbst!«
Justus stellte sein Glas auf dem Untersetzer ab. »Erläutere uns das noch mal näher, Bob.«
»Das kann ich eben nicht.« Bob versuchte angestrengt, sich besser verständlich zu machen. »Da ist so ein Gefühl … als ob ich … ja, ich glaube, das ist es.«
»Das ist *was*?«, fragte Peter ungeduldig.

»Irgendwie habe ich das komische Gefühl, mit dieser Frau noch eine alte, ganz persönliche Rechnung offen zu haben. Genau so war es damals, als ich sie als *Mystery* im Radio wiedererkannt habe. Ich weiß nicht warum, aber danach bin ich auch gleich – ohne euch etwas davon zu sagen – in diese psychiatrische Klinik gestiefelt, um sie zu treffen.«
»Und am Ende sind wir in dieser Gummizelle auf sie gestoßen.« Auch in Peter kehrten die Erinnerungen zurück. »Ich sehe es noch bildhaft vor mir.«
Justus wischte sich die letzten Milchshake-Reste von den Lippen. »Dann lass uns doch mal analytisch an die Sache herangehen, Bob: Du hast nun zum wiederholten Male im Alleingang Mrs Franklin aufgesucht. Konntest du seit eurem erneuten Zusammentreffen einen Anhaltspunkt dafür finden, worin diese ›offene Rechnung‹ zwischen euch beiden bestehen könnte? Hast du zumindest irgendeine Ahnung?«
»Interessant, dass du das fragst, Erster«, entgegnete Bob nachdenklich. »Nein. Wenn ich jetzt daran zurückdenke, bin ich letzte Woche genau wegen dieser Frage zu ihr ins Studio gefahren. Um von *ihr* eine Antwort zu erhalten. Aber es war wie das Mal zuvor: Als wir uns dann gegenüberstanden, wusste ich plötzlich nicht mehr, weshalb ich diese ganze Aktion überhaupt unternommen hatte. Clarissa Franklin ist für mich wie ein einziges großes Fragezeichen, das auf allen Seiten von Geheimnissen umgeben ist.«
Peter verschluckte sich beinahe an seinem Milchshake. »Sorry, Bob, aber musst du diese unsympathische Frau ausgerechnet mit dem Symbol unseres Firmenlogos vergleichen?«

»Lass das doch jetzt mal!«, zischte Justus und verpasste Peter dabei einen unauffälligen Tritt unter dem Tisch.
»Und dann ist da noch die Sache mit gestern Abend«, fuhr Bob fort. »Mich nimmt diese Geschichte mit unserer momentanen Klientin emotional sehr mit. Das Attentat, meine Ohnmacht, der Brandanschlag auf unserem Schrottplatz. Und dazu noch dieses rätselhafte Phänomen, wie sie sich in die Gedanken der Anrufer und deren verstorbener Familienmitglieder einschaltet. Das alles finde ich langsam überhaupt nicht mehr witzig! Deshalb sind bei mir gestern alle Leitungen durchgebrannt, Zweiter. Weil du meine bizarren Empfindungen, die Mrs Franklin betreffen, zum wiederholten Mal ins Lächerliche gezogen hast! Ich bin nicht nur der coole Bob Andrews, ich hab auch sensible Seiten. Tritt nicht unnötig darauf herum. Punkt. Aus. Ende.«
In dem Moment klingelte Bobs Handy in seiner Jackentasche. Er zog es hervor und warf einen Blick aufs Display. »Oh, mein Chef. Sax Sandler. Da muss ich rangehen. Entschuldigt mich kurz.« Er legte das Handy ans Ohr. »Hallo, Sax! Was gibt's denn? – Wie bitte? – Davon wusste ich ja gar nichts. – Und die haben sie wirklich schon geschnappt? – Diese Idioten! Aber dein Glück! – Was? So jung noch! – Alles klar! Ich muss jetzt auflegen. Dennoch danke für die Information! – Ja, mach ich. Bis dann!«
»Was war das denn?«, wollte Justus wissen, nachdem Bob aufgelegt hatte. »Wer hat wen geschnappt?«
»Ich hatte euch doch erzählt, dass ich am Abend des Brandanschlags noch mit Sax nach seinem verschwundenen Auto gesucht habe, erinnert ihr euch?«

»Klar!« Justus brannte vor Ungeduld. »Und? Weiter!«
»Sax hat seinen Wagen schließlich bei der Polizei als gestohlen gemeldet. Seine Nichte hatte ihn nämlich doch nicht ausgeliehen. Gestern wurde ihm mitgeteilt, dass der Parkplatz, auf dem er ihn abgestellt hatte, videoüberwacht wird. Diese Aufzeichnungen hat er sich angesehen, und wisst ihr, was darauf zu sehen war?«
»Wenn ich Mrs Franklin wäre, könnte ich diese Frage mit Sicherheit beantworten«, entgegnete Peter schnippisch. »Aber da ich im Hellsehen eine absolute Niete bin, musst du uns wohl darüber aufklären.«
»Zwei jugendliche Drogendealer haben das Schloss der Fahrertür geknackt, die Zündung kurzgeschlossen und sind anschließend kurzerhand mit dem Jeep davongefahren!«
»Was für Vollidioten!«, kommentierte Justus knapp.
»Mein Reden, Erster! Aber das Unglaubliche an der Sache ist: Die beiden konnten noch bis heute Morgen mit dem Wagen in L.A. herumgurken, bis man sie anhand von Sax' Videoaufzeichnungen, die von der Polizei in den Nachrichten veröffentlicht wurden, identifizieren und verhaften konnte! Was sagt man dazu?«
»Glück für Sax«, antwortete Just beiläufig, während sein Gesicht sehr ernste Züge annahm. »Und gar nicht unpassend zum Thema. Ich muss nämlich noch auf eine andere Sache zu sprechen kommen, die mir mehr als unheimlich ist, Bob.«
Der dritte Detektiv zuckte kurz zusammen. »Und das wäre?«
»Heute Morgen haben Peter und ich beim Umparken deines Käfers ein kleines Klarsichttütchen mit einer weißen Substanz unter dem Fahrersitz gefunden.«

Bobs Gesichtszüge erstarrten. »Ein Tütchen mit einer weißen Substanz? In *meinem* Auto?«
»Wir haben bisher keinen blassen Schimmer, wie es dorthin gekommen ist, Bob. Aber mittlerweile habe ich herausgefunden, um was es sich bei diesem weißen Pulver handelt.«
»Ich wäre dir sehr verbunden, Just, wenn du mich nicht länger zappeln lässt. Ich hab wirklich keine Ahnung, was los ist!«
Justus sah seine beiden Kollegen bedeutungsvoll an. »In dem Tütchen befindet sich Strychnin. Ein hochwirksames Rattengift!«

Vermummt

»Rattengift?«, entwich es Bob und Peter wie aus einem Mund.

Justus legte warnend den Zeigefinger an die Lippen. »Geht es nicht noch etwas lauter?«

Peter verstand die Welt nicht mehr. »Aber wer in drei Teufels Namen füllt denn so ein Dreckszeug in ein Tütchen und deponiert es dann in deinem Wagen, Bob?«

»Ich bin schon mal froh, dass ihr nicht glaubt, ich hätte was damit zu tun, Freunde«, entgegnete Bob erleichtert. »Für einen Moment dachte ich schon, ihr würdet mich damit irgendwie in Verbindung bringen.«

Peter wollte gerade etwas erwidern, doch Justus kam ihm schnell zuvor.

»Es geht jetzt in erster Linie darum, herauszufinden, wie das Gift in dein Auto gekommen ist. Wir müssen sofort alle anderen Verdächtigen unter die Lupe nehmen und daher schlage ich vor –«

»*Andere* Verdächtige, Erster?«, fragte Bob misstrauisch nach. »Glaubst du etwa doch, dass –«

»Nach amerikanischem Recht wird eine Person erst für schuldig erklärt, wenn man ihr die Schuld zweifelsfrei beweisen kann, Bob. Ich kenne dich gut genug, um zu wissen, dass du mit diesem Fund nicht das Geringste zu tun hast, außerdem spricht deine Reaktion Bände. Und ich hege bereits einen Verdacht, wem wir diese Freveltat zu verdanken haben …«

Peters Augen begannen aufgeregt zu leuchten. »Bestimmt diese zwei Dealer, die auch Sax Sandlers Jeep gestohlen haben! Dein Auto stand doch auf demselben Parkplatz.«
»Ja klar!« Bob schlug sich mit der Hand gegen die Stirn. »Die beiden Typen waren vermutlich auf der Suche nach einem geeigneten Wagen, den sie klauen können, und haben sich zuerst meinen Käfer vorgenommen. Das Seitenfenster auf der Fahrerseite schließt nicht mehr gut. Mit einem Draht lässt sich die Verriegelung kinderleicht öffnen! Die zwei haben sich reingesetzt und einem der Dealer ist das Tütchen aus der Tasche gefallen und unter den Sitz gerutscht!«
»Aber was haben solche Typen mit Rattengift zu schaffen?«, gab Justus zu bedenken. »Und außerdem sind die beiden nicht mit deinem Wagen, sondern mit Sax' Jeep abgehauen.«
»Vielleicht war ihnen mein Käfer nicht schick genug und sie haben nach einem lohnenderen Objekt Ausschau gehalten. Und was das Rattengift betrifft: Kann es sein, dass sie diesen Dreck verwenden, um damit ihre Drogen zu strecken?«
»Ja, so könnte es gewesen sein!«, rief Peter hoffnungsvoll.
»Aber wie können wir herausfinden, ob das stimmt?«
Justus blickte triumphierend in die Runde. »Mit etwas Glück wird uns dein Chef dabei hilfreich zur Seite stehen, Bob! Sagtest du nicht vorhin, dass er im Besitz der Kameraaufzeichnungen ist, mit denen man letztlich die beiden Autodiebe überführen konnte?«
»So hat Sax es mir vorhin geschildert!«
»Ausgezeichnet! Dann lasst uns zuerst diesen Fall zum Abschluss bringen, bevor wir uns weiter mit Mrs Franklins Angelegenheit befassen.«

Bobs Chef trug eine schwarze, eng anliegende Lederhose und ein löchriges Glitzer-T-Shirt. »Wenn schon am Sonntag arbeiten, dann wenigstens wie ein Rockstar«, hatte er die drei ??? begrüßt. Seine ergrauten, schulterlangen Haare hatte er zu einem Zopf zusammengebunden.
Nachdem ihm die drei Detektive in kurzen Sätzen den Grund ihres überraschenden Besuchs erklärt hatten, zeigte er sich sogleich kooperativ und deutete in seinem Büro stolz auf den modernen Rechner. »Na klar könnt ihr euch die Aufzeichnungen ansehen, Jungs! Ich war ja selbst überrascht, dass mir der Wachdienst die Filme so anstandslos per Datenübermittlung zur Verfügung gestellt hat.«
»Großartig!«, freute sich Bob. »Wir hatten auf dem Weg hierher schon die Befürchtung, dass die Polizei die Aufzeichnungen als Beweismittel einkassiert haben könnte.«
»Ach, i wo!«, winkte Sax lapidar ab, während er sich vor den Monitor setzte. Mit routinierten Bewegungen ließ er die Maus über das Pad gleiten. »Die haben sich noch nicht mal die Mühe gemacht, sich persönlich herzubewegen. Wir haben das alles telefonisch abgewickelt. Anschließend habe ich denen die Videomitschnitte per Mail weitergeleitet.«
»Ein Hoch auf die Technik!«
Sax schnalzte mit der Zunge. »Du sagst es, Peter!«
Jetzt erschienen auf dem Monitor die Aufzeichnungen des Parkplatzes. Im linken oberen Bildabschnitt war der Timecode zu sehen, der die Uhrzeit der Überwachung angab.
Die drei Detektive traten interessiert näher.
»Könnt ihr mir einen ungefähren Zeitraum nennen, der für euch von Bedeutung ist?«, wollte Sax wissen.

Bob überlegte kurz. »Unsere Vermutung ist, dass es die beiden Typen, die sich deinen Jeep gekrallt haben, ursprünglich auf meinen Käfer abgesehen hatten.«
Sax wandte sich auf seinem Drehstuhl verwundert um. »Auf die alte Rostlaube!?«
»Na, hör mal!«, entgegnete Bob entrüstet. »Dieser VW ist ein begehrtes Sammlerstück! Den findet man nicht mehr an jeder Ecke!«
»Boooooob! Das spielt jetzt keine Rolle!«
»Schon klar, Zweiter. Ich wollte nur mal kurz dezent darauf hinweisen.«
»Also, Jungs! Heraus damit: Warum Bobs Käfer?«
»Wie Bob schon sagte, lassen unsere Hypothesen die Vermutung zu, dass die beiden observierten Täter zuerst in seinem Käfer gesessen haben, bevor sie sich für deinen Jeep entschieden«, ergriff nun Justus das Wort. »Folglich ist für uns der Zeitraum *vor* diesem Diebstahl ausschlaggebend.«
»Verstanden.« Sax schmunzelte, ohne dabei den Blick vom Monitor abzuwenden. »Warum soll man sich auch einfach ausdrücken, wenn es sich ebenso gut kompliziert sagen lässt!«
Er drückte auf die rechte Maustaste. »Also gegen achtzehn Uhr fünfundvierzig. Die Übernahme meines Jeeps fand um kurz nach sieben statt. Ich fahre aber trotzdem erst mal an diese Stelle, dass ihr die beiden Jungs mal seht.«
In zweiunddreißigfacher Geschwindigkeit flogen die Ereignisse auf dem Parkplatz nun auf dem Monitor vorbei, während Justus versuchte, trotz der schnellen Bildfolge jedes kleinste Detail zu erfassen. Dann drückte Sax erneut auf die Taste und schaltete auf Normalgeschwindigkeit.

»Neunzehn Uhr zwei und vierunddreißig Sekunden. Der Parkplatz ist menschenleer. Aber da! Seht ihr's?« Er wies mit dem Finger auf den Monitor. »Da kommen sie!«

Fasziniert konnten die drei Detektive verfolgen, wie sich zwei Jugendliche Sax Sandlers Jeep näherten. Dann machte einer der beiden sich mit einem Spezialwerkzeug daran, das Schloss der Fahrertür zu knacken, während der offensichtlich jüngere Komplize nach unerwünschten Beobachtern Ausschau hielt. Innerhalb weniger Sekunden war die Tat vollbracht und knapp eineinhalb Minuten später rollte der Jeep mit den beiden Insassen in Schrittgeschwindigkeit vom Parkplatz.

»Das habe ich euch nur mal gezeigt, damit ihr euch ein Bild von diesem dreisten Duo machen könnt«, kommentierte Sax das Geschehen. »Und jetzt lass ich den Film rückwärtslaufen. Damit wir sehen können, ob ihr mit eurer Vermutung richtigliegt. *Ohne* Zeitraffer.«

Doch zur allgemeinen Verwunderung bestätigte der Film die Theorie der drei Detektive keineswegs. Die beiden Autodiebe waren nach ihrem Betreten des Parkplatzes direkt auf den Jeep zugesteuert, ohne sich Bobs Käfer auch nur ansatzweise zu nähern.

»Tja, das war wohl nichts.« Resigniert ließ Bob die Schultern sinken. »Das Dreckszeug muss dann wohl an einem anderen Ort in meinen Wagen gekommen sein. Fragt sich nur, wo?«

Sax Sandler war gerade im Begriff, die Datei zu schließen, als Justus energisch dazwischenging. »Einen Moment noch, Sax! Könntest du uns die Aufzeichnung vielleicht noch bis zum Schluss im Schnelldurchlauf zeigen?«

»Du gibst wohl niemals auf, wie?« Bobs Chef grinste. »Sicher doch. Kein Problem!«
Nägelkauend blickte der Erste Detektiv auf den Monitor, während die Geschehnisse in raschen Bildern –
»STOPP!«, stieß er unvermittelt aus. »Das ist es!«
Erschreckt von Justus' Aufschrei fuhr Sax mit dem Cursor zur Pausetaste und hielt das Video an. Ganz deutlich war auf dem Monitor eine vermummte Gestalt zu erkennen, die dicht an Bobs Käfer herangetreten war. Peter und Bob überkam eine Gänsehaut. Der Zeitstempel zeigte 19:21 Uhr.
»Und jetzt geh auf Zeitlupe«, bat Justus den Musikagenten.
Die Gestalt sah sich nun mit verlangsamten Bewegungen prüfend auf dem Parkplatz um, zog aus der Innentasche ihres Pelzmantels einen länglichen Draht mit Schlaufe und führte diesen mit geübten Fingern durch den schmalen Schlitz des Seitenfensters. In kürzester Zeit hatte sie die Verriegelung gelöst und die Tür geöffnet. Dann bückte sie sich zum Fahrersitz hinunter.
Keiner der Betrachter konnte seinen Blick vom Bildschirm lösen.
»Kennt ihr diese Frau?«, erkundigte sich Sax leise.
»Und ob«, gab Justus entgeistert von sich. »Trotz schwarzer Sonnenbrille und Perücke gibt es keinen Zweifel …«
Peters Stimme zitterte. »Das ist Laura Stryker!«

Eigenes Interesse

Die drei Detektive hatten sich nach ihrem Besuch bei Sax Sandler auf direktem Weg in die Zentrale begeben, um über ihre nächsten Schritte zu beraten.

Bob brauste auf. »Das gibt es doch nicht! Wieso versteckt die Stryker einen Beutel Rattengift in meinem Wagen?«

»Diese Frau ist ein ebenso großes Rätsel wie unsere Auftraggeberin«, merkte Justus an. »Aber im Gegensatz zur Faktenlage bei Mrs Franklin haben wir gegen Mrs Stryker nun einen handfesten Beweis in Form eines Films, auf dem ihre kriminelle Handlung in hunderten von Einzelbildern festgehalten ist.« Er wies auf den Monitor, auf dem Peter den Überwachungsfilm, den Sax Sandler den Detektiven zugemailt hatte, noch einmal ablaufen ließ.

Justus knetete wie besessen an seiner Unterlippe herum. Ein sicheres Zeichen dafür, dass sein Denkapparat auf Hochtouren lief. »Irgendwie scheinen wir dieser Lady derart in die Quere gekommen zu sein, dass es sie zu so einer Tat veranlasste, Kollegen. Aber was hat sie davon, Bob Rattengift unterzuschieben? Der Besitz ist schließlich nicht strafbar. Das erscheint mir doch äußerst rätselhaft … Es wird auf jeden Fall das Beste sein, wenn wir vorerst Stillschweigen bewahren und niemandem von unserem Fund erzählen. Das Tütchen liegt wieder an seinem ursprünglichen Platz unter Bobs Fahrersitz. Wer weiß, was Mrs Stryker noch plant – wenn sie sich in Sicherheit wiegt, macht sie vielleicht früher oder später einen Fehler!«

»Dein Wort in Gottes Gehörgang, Erster …« Bob war immer noch fassungslos.
Justus legte ihm beruhigend die Hand auf die Schulter. »Wenn wir erst mal das Motiv verstanden haben, Bob, werden wir das aufklären. Was könnte Laura Stryker dermaßen gegen uns aufgebracht haben? Die einzige Begegnung, zu der es nach all den Jahren zwischen ihr und uns gekommen ist, hat in Mrs Franklins Bungalow stattgefunden. Also sollten wir uns diesen speziellen Abend noch einmal ins Gedächtnis zurückrufen und genauestens überlegen, was da eigentlich passiert ist.«
»Das ist ja nicht weiter schwer«, entgegnete Peter optimistisch. »Wir sind bei der Franklin eingestiegen, um uns das Erpresserschreiben näher anzusehen. Kurz darauf sind die beiden Damen in Mrs Strykers Wagen eingetroffen. Wir haben uns hinterm Sofa versteckt, und dann sind die zwei als Erstes in die Küche gegangen, wo sie die Einkäufe in den Kühlschrank gepackt haben.«
Justus nickte. »Dann kam Mrs Franklin ins Wohnzimmer und hat den Brief in ihrem Schreibtisch verschwinden lassen, während Mrs Stryker noch einmal nach draußen ging, um das Licht ihres Wagens auszuschalten.«
»Und dann?« Bob sah Justus fragend an. »Du warst schließlich der Einzige von uns, der die beiden beobachten konnte.«
»Dann kam Laura Stryker mit der Champagnerflasche ins Wohnzimmer. Die stellte sie auf dem Couchtisch ab und ging zu dem kleinen Wandschrank, um dort zwei Gläser …« Justus hielt inne.
»Was hast du, Erster? Warum sprichst du nicht weiter?«

»Ich Idiot … ich verdammter Idiot!« Justus fasste sich verstört an den Kopf. »Warum bin ich nicht schon viel früher darüber gestolpert?«
»Wovon um alles in der Welt sprichst du, Just?«
»Angeblich war es doch das erste Mal, dass Laura Stryker die Wohnung von Mrs Franklin betreten hat, oder irre ich mich?«
Bob schüttelte entschieden den Kopf. »Ganz und gar nicht, Erster. Mrs Franklin hat behauptet, dass sie der Stryker nach ihrem Aufenthalt in der psychiatrischen Klinik und vor diesem Abend nur einmal zuvor im Supermarkt begegnet ist.«
Der Erste Detektiv sah seine Freunde durchdringend an.
»Der Schrank, dem Mrs Stryker die Champagnergläser entnommen hat, Kollegen, hatte keine verglasten Türen. Sie bestanden aus massivem Holz und waren geschlossen.«
Peters Nackenhaare begannen sich langsam aufzurichten.
»Aber … aber das hieße ja …«
»Ganz genau, Zweiter«, brachte Justus seine Schlussfolgerungen auf den Punkt. »Wenn Mrs Stryker zuvor noch niemals in der Wohnung gewesen wäre, hätte sie unmöglich wissen können, wo sich die Gläser befinden. Und Mrs Franklin hat es mit keiner einzigen Silbe erwähnt und auch mit keinem Fingerzeig darauf hingewiesen. Das hätte ich von unserem Versteck aus ganz sicher gesehen!«
»Moment … Moment mal …« Bobs Herzschlag beschleunigte sich. »Das kann dann doch nur bedeuten, dass sich die Stryker schon vorher in der Wohnung umgesehen haben muss. Und das wiederum würde unsere Theorie bestätigen, dass sie mit diesem unbekannten Attentäter unter einer De-

cke steckt! Die beiden scheinen auf etwas aus zu sein, was mit Mrs Franklin im Zusammenhang steht.«

»Das wäre die eine Möglichkeit«, ließ Justus nachdenklich verlauten. »Doch mich macht noch etwas stutzig.«

»Und das wäre?«

»Mich wundert, Bob, dass du dich das nicht längst schon selbst gefragt hast.«

Peter riss der Geduldsfaden. »Mensch, Just! Nun lass dir doch nicht jede Einzelheit wie einen meterlangen Bandwurm aus der Nase ziehen! Heraus damit!«

»Also schön.« Justus holte einmal tief Luft und wandte sich dann an Bob. »Woher wusste Mrs Stryker, dass du dich an dem Abend des Brandanschlags in der Musikagentur von Sax Sandler befindest? Von irgendjemandem muss sie diese Information erhalten haben, sonst hätte sie dir das Strychnin nicht dort auf dem Parkplatz in den Wagen legen können.«

»Oh, Mann …« Bob wurde leichenblass.

»Du hast es *ihr* erzählt, richtig? Mrs Franklin.«

»So ist es, Just«, gestand Bob. »Auf der Fahrt vom Studio zu ihrem Bungalow. Wir haben geredet, und da hab ich ihr von meinem Aushilfsjob bei Sax erzählt. Meine Arbeitszeiten konnte sie dann ganz leicht mit einem Anruf herausfinden.«

»Das darf doch alles nicht wahr sein!«, rief Peter entrüstet. »Dann hat uns also auch Mrs Franklin die ganze Zeit hinters Licht geführt! Sie und Mrs Stryker müssen schon länger Kontakt gehabt haben! Ich hab doch gewusst, dass mit der was nicht stimmt!«

»Aber das ergibt doch alles keinen Sinn!« Bob bemühte sich, einen klaren Gedanken zu fassen. »Vielleicht hat sich die

Stryker auch auf eigene Faust an meine Fersen geheftet und ist mir zu Sax Sandler gefolgt. Und dann hat sie mir das Rattengift ins Auto gelegt, um damit –«

»Um damit – *was*?« Peter blickte seinen Freund fragend an.

Bob fuchtelte wild gestikulierend mit seinen Armen herum. »Was weiß denn ich? Vielleicht dachte sie ja, wir drei wären so bescheuert, uns die vermeintlichen Drogen einzuverleiben und dann dabei draufzugehen! Damit wir ihr und ihrem Komplizen in der Sache gegen Clarissa nicht mehr in die Quere kommen! Das wäre doch auch möglich!«

Justus erhob sich von seinem Sessel und verschränkte entschlossen die Arme. »Wir müssen uns darüber Gewissheit verschaffen, seit wann Mrs Franklin und Laura Stryker miteinander Kontakt pflegen.«

»Ach? Und wie willst du das rauskriegen, Erster?«

Justus ignorierte Peter vorerst. Stattdessen wandte er sich Bob zu. »Weißt du, wann Astrala wieder auf Sendung geht?«

»Warte!« Der dritte Detektiv griff nach der Tageszeitung auf dem Tisch und überflog rasch das Fernsehprogramm auf der Rückseite. Dann tippte er mit dem Finger auf die betreffende Spalte. »Die ›Karma-Hour‹ läuft heute Abend wieder. Dieses Mal aber erst um 22:15 Uhr.«

»Vortrefflich! Besser könnte es gar nicht sein!« Justus rieb sich begeistert die Hände. »Kollegen, es ist zugegebenermaßen ein vager Plan, aber mit etwas Glück wird er uns Aufschluss darüber geben, wie es tatsächlich um das Freundschaftsverhältnis zwischen Clarissa Franklin und Laura Stryker bestellt ist.«

»Oje! Und wie lautet dein geheimnisvoller Plan?«, fragte Peter, der Schlimmes ahnte.
»Beim letzten Mal ist mir in Mrs Franklins Wohnzimmer das Telefon aufgefallen, ein Modell mit integriertem Anrufbeantworter. Heute Abend, wenn unsere Auftraggeberin auf Sendung und damit garantiert nicht zu Hause ist, hören wir da mal rein und verschaffen uns einen kleinen Überblick über ihren Freundeskreis!«
Peter glaubte, sich verhört zu haben. »Du willst da noch einmal einsteigen, Just? Wenn die dahinterkommt, hypnotisiert sie uns für den Rest unseres Lebens in ein künstliches Koma!«
»Unsinn, Zweiter!«, war sich Justus seiner Sache sicher. »Schließlich haben wir von Mrs Franklin ganz offiziell den Auftrag erhalten, uns ihres Falles anzunehmen. Somit handeln wir ausschließlich in ihrem eigenen Interesse!«
Auch in Bobs Gesicht spiegelten sich Zweifel. »Na, wenn du meinst, Erster … Dann treffen wir uns heute Abend um kurz vor zehn wieder hier. Ich komme mit meinem Käfer und hol euch ab. Aber wir müssen verdammt sicher sein, dass Mrs Franklin nicht plötzlich nach Hause kommt!«
»Keine Sorge! Ich hab da schon so eine Idee …«

Das Blatt wendet sich

Für Peter war es mit seinem Dietrichset ein Leichtes, sich und seinen beiden Kollegen Zutritt zu Mrs Franklins Bungalow zu verschaffen. Offensichtlich hatte sie die Haustür einfach zugezogen, ohne abzuschließen.

»Little Rampart ist wirklich eine ganz spezielle Wohngegend«, raunte Bob, während er noch mal einen prüfenden Blick in die verlassene Gegend warf und dann seinen Freunden durch die geöffnete Tür in den Bungalow folgte. »Kein einziger Mensch hält sich auf den Straßen auf. Mrs Franklin ist ganz schön leichtsinnig, ihre Wohnung so schlecht zu sichern. Weiß doch jeder, dass die Einbruchsrate hier besonders hoch ist …« Leise schloss er die Tür hinter sich.

Peter zog die Augenbrauen nach oben, während er eine Taschenlampe hervorzog. »Vielleicht denkt sie, bei ihr ist nichts zu holen?«

»Wir gehen gleich ins Wohnzimmer«, gab Justus vor. »Bob, ziehst du bitte die Vorhänge vor? Wie spät ist es, Zweiter?«

Peter zog eine kleine Taschenuhr hervor, die ihm sein Großvater Ben zu seinem zehnten Geburtstag geschenkt hatte. »Gleich zwanzig nach zehn!«, zischte er leise.

»Gut. Dann werde ich als Erstes Tante Mathilda anrufen.« Justus zog im Schein der Taschenlampe sein Handy hervor. »Sie wartet sicher schon darauf.«

»Deine Tante, Just? Was hat das denn jetzt zu bedeuten?«

»Abwarten, Bob! Ich habe die Lautsprecherfunktion aktiviert, dann könnt ihr mithören!«

Sekunden später ertönte das vertraute Tuten, dann knackte es.
»Ja, Jonas?«, meldete sich Justus' Tante.
»Ich bin's, Justus. Wie sieht's aus? Sitzt du wie vereinbart vor dem Fernseher?«
»So ist es, mein Junge!«, entgegnete Mrs Jonas verschmitzt. »Und es bereitet mir eine diebische Freude, die Sendung mitzuverfolgen! Ich hoffe nur, dass dein Onkel nicht vorzeitig von seinem Kegelabend zurückkehrt und mir dieses Vergnügen wieder madigmacht!«
»Das heißt also, dass Astrala jetzt auf Sendung ist?«, vergewisserte sich Justus nachdrücklich.
»Aber ja doch! Willst du sie kurz hören? Warte, ich halte den Hörer zum Fernseher!«
Zweifelsfrei vernahmen die drei Detektive die prägnante Stimme, die einem Anrufer gerade wieder einen ominösen Gegenstand schmackhaft machte. *»… und darum lege ich Ihnen diese Okarina der ostmongolischen Schamaninnen wärmstens ans Herz. Für nur achtundvierzig Dollar erhalten Sie dazu ein Notenheft mit Melodien, mit deren Hilfe Sie die Tür zum Jenseits durchdringen und einen Kontakt zu Ihrer geliebten Frau herstellen können. Wann immer Sie dieses Instrument an Ihre Lippen legen …«*
»Reicht das?«, meldete sich Mrs Jonas wieder zu Wort.
»Ausgezeichnet!«, lobte Justus seine Tante. »Du hast uns damit einen großen Dienst erwiesen.«
»Aber, Justus«, drang Mrs Jonas' Stimme aus dem Lautsprecher. »Die Sache bleibt unter uns! Kein Wort zu deinem Onkel, ja?«

Justus grinste breit. »Versprochen, Tante. Bis dann!«

»Das war wirklich eine schlaue Sicherheitsvorkehrung«, brachte Peter erleichtert zum Ausdruck. »Jetzt fühle ich mich erheblich wohler. Nicht auszudenken, wenn ausgerechnet heute statt Mrs Franklin eine Vertretung die Sendung übernommen hätte und unsere Auftraggeberin hier plötzlich im Wohnzimmer stünde.«

Währenddessen ging Justus zielstrebig auf den kleinen Schemel zu, auf dem das Telefon stand. Entschlossen drückte er auf die Play-Taste.

»Laura hier!«, schepperte es dumpf aus dem Lautsprecher. *»Hör zu, Clarissa, ich werde heute Abend wie verabredet gegen dreiundzwanzig Uhr dreißig bei dir eintreffen. Aber eines vorweg: Diesen drei Jungs ist nicht zu trauen. Und ich denke, dass es vor allem der Dicke darauf anlegen wird, seinen Freund zu decken. Notfalls mit einem ganzen Lügenkonstrukt. Aber das soll er nur versuchen. Dann kann dieser Wichtig-Pups wegen Falschaussage gemeinsam mit deinem Bobbilein ins Gefängnis wandern. Und der Jugendknast in Pasadena soll es in sich haben. Falls du weißt, was ich meine …«* Ein gehässiges Lachen folgte ihren Worten. Dann schaltete sich der Anrufbeantworter mit einem leisen Klicken aus.

Bob war zu keiner Regung fähig, während Peter Hilfe suchend seine Hand auf Justus' Schulter legte. »Kannst du mir erklären, was diese Stryker da gerade von sich gegeben hat? Ich meine, von welchem Lügenkonstrukt und was für einer Falschaussage faselt die da?«

Statt Peter eine Antwort zu geben, drückte der Erste Detektiv nun auf die Taste des Anrufbeantworters, mit der man

alte Nachrichten abhören konnte. Doch offensichtlich hatte Mrs Franklin alle vorausgegangenen Mitteilungen gelöscht. Dann griff der Erste Detektiv erneut nach seinem Handy.
»Wen rufst du denn jetzt –?«
»Still, Zweiter! – Guten Abend, Inspektor Cotta! Justus Jonas hier«, sprach er in den Hörer. »In dem Fall, den ich in unserem Gespräch vorhin bereits kurz angedeutet habe, brauchen wir jetzt tatsächlich Ihre Unterstützung!«
Peter und Bob tauschten irritierte Blicke aus.
»Ich möchte Sie dringend bitten, umgehend nach Little Rampart zu kommen. Melville Street siebzehn. Es ist ein einzelner Bungalow und der Name an der Haustür lautet C. Franklin. – Ja, ganz richtig, Inspektor. Clarissa Franklin. – Nein, einzelne Details kann ich Ihnen noch nicht nennen. Aber es handelt sich dabei, wenn ich es ausnahmsweise so salopp ausdrücken dürfte, um eine moralisch unverzeihliche Sauerei, die wir wohl nur gemeinsam mit Ihrer Hilfe aufklären können. – Einverstanden Inspektor, wir zählen auf Sie!«
Justus beendete das Gespräch und ließ sich dann entspannt in den breiten Ledersessel sinken. »Und nun, Kollegen, bin ich euch wohl eine Erklärung schuldig.«
»Wir bitten darum!«, entgegnete Peter vehement, während Bob noch immer wie versteinert auf der Stelle verharrte.
»Bob, du hast doch vor einigen Tagen erwähnt, dass Mrs Stryker in einem Unternehmen für Überwachungssysteme tätig ist?«
»So ist es, Erster«, ließ der dritte Detektiv verstört verlauten.
»Tja, dieses Frauenzimmer hätte wohl nie damit gerechnet, dass sie selbst einmal ins Visier einer Kamera geraten würde.

Und das ausgerechnet in dem Moment, wo sie dir dieses Rattengift untergejubelt hat. Sie wird sich noch wünschen, die Sache niemals ausgeführt zu haben. Und wenn wir –«

Plötzlich fuhren die drei Detektive erschrocken zusammen. Vom Flur her war das leise Klappen der Haustür ertönt. Die Jungen wollten instinktiv wieder hinterm Sofa verschwinden, doch es war bereits zu spät: Der Lichtschalter wurde betätigt, helles Licht durchflutete den Raum und im Türrahmen erschien Mrs Franklin, die die drei Detektive herausfordernd anblickte!

Esoterischer Sperrmüll

»Ich … ich dachte … Sie wären gerade … im Fernsehen!«, stammelte Peter verdattert und blickte Mrs Franklin an, die sich offenbar geradewegs vom Studio zu ihnen ins Wohnzimmer gebeamt hatte.

»Tja, so kann man sich irren«, entgegnete sie kalt. »Die Wirklichkeit sieht manchmal anders aus.«

»So schnell können Sie doch unmöglich … Und schon komplett umgezogen … Dann … dann handelt es sich bei dieser Show also gar nicht um eine … Livesendung, sondern … um eine Aufzeichnung?!«

Mrs Franklin reagierte auf Justus' Kommentar mit keiner Silbe. Stattdessen verengten sich ihre Augen zu schmalen Schlitzen.

»Umgezogen … Oh verdammt, warum hab ich nicht früher darüber nachgedacht«, löste sich Bob langsam aus seiner Lethargie. »Deine Tante, Just, hat es noch ausdrücklich erwähnt, als ich bei ihr zum ersten Mal die Sendung gesehen habe. Sie sagte so etwas wie ›Immer nur diese *eine* langweilige Spitzenbluse! Da kann man doch auch mal was Geschmackvolles aussuchen!‹ Sie tragen immer dieselbe Kleidung! Deshalb ist mir nichts aufgefallen, als ich Sie kurz darauf im Studio traf. Und ging davon aus, dass es sich dabei um dieselbe Sendung handelte und nicht etwa um eine weitere Aufzeichnung!«

Da fiel es auch Justus wie Schuppen von den Augen. »Und wir haben uns stundenlang den Kopf darüber zerbrochen, wie Sie an das Wissen kommen, das Sie Ihren Zuschauern präsentieren. Im Nachhinein ist es regelrecht unerklärlich, warum wir die ganze Zeit fraglos davon ausgegangen sind, dass wir es mit einer Livesendung zu tun haben. Aber das ist natürlich so gewollt! Astralas Nummer ist nur während der Sendezeiten erreichbar und es wird hinterhältig suggeriert, dass ununterbrochen Leute im Studio anrufen. Deshalb werden die Zuschauer nicht misstrauisch, wenn sie nie zu ihr durchkommen, und zahlen auch noch viel Geld für den vergeblichen Anruf. Das ist wirklich ein geschickter Trick, Menschen das Geld aus der Tasche zu ziehen! Die Leitungen, bei denen man den teuren Krempel kaufen kann, sind dagegen vermutlich immer frei. Und bei den Hilfe suchenden Menschen, mit denen Sie in Ihrer Show sprechen, handelt es sich dann folglich aller Wahrscheinlichkeit nach um Personen, die bei Ihnen angestellt sind, und die ›Fälle‹ sind alle frei erfunden und von vorne bis hinten abgesprochen.«

Mrs Franklin hüllte sich weiterhin in Schweigen.

Peter hingegen brauste erbost auf. »Ich fasse es nicht! Da tippt sich eine ganze Nation vergeblich die Finger am Telefon blutig, während es diesem betrügerischen Sender nur darum geht, die horrenden Telefongebühren zu kassieren und Esoterik-Sperrmüll zu verschachern!« Er warf Mrs Franklin einen vernichtenden Blick zu. »Sie sind sich aber auch wirklich für nichts zu schade!«

Mrs Franklin sagte noch immer nichts.

»Was ich dabei nur nicht verstehe«, fuhr Justus fort, »ist, wie sich die Freundin meiner Tante in die Sendung hinzuschalten konnte. Es ist doch vollkommen unmöglich –«

»Jetzt ist aber Schluss mit diesem Affentheater!« Mit energischen Schritten trat Mrs Franklin auf Peter zu und tippte ihm mit dem Finger auf die Brust. »Ihr erklärt mir jetzt sofort, weshalb ihr zum wiederholten Male in meine Wohnung eingedrungen seid! Oder soll ich erst die Polizei verständigen?«
»Oho«, stellte Justus verwundert fest. »Ist unser Sympathie- und Vertrauensbonus so schnell aufgebraucht? Für unsere weiteren Ermittlungen in Ihrem Fall ist es leider unerlässlich gewesen, uns hier noch einmal Zutritt zu verschaffen. Wir gingen davon aus, dass wir damit in Ihrem Sinne handeln. Doch anscheinend haben wir uns da getäuscht!« Er unterstrich seine Worte mit einem süffisanten Lächeln. »Und was die Polizei betrifft: Die haben wir bereits verständigt! Inspektor Cotta müsste in wenigen Minuten hier eintreffen.«
Mrs Franklin verschlug es augenblicklich wieder die Sprache. Gleichzeitig begann das Telefon zu läuten. Justus warf einen überraschten Blick auf das Display.
»Diese Rufnummer wurde uns vorhin schon angezeigt. Offenbar versucht Laura Stryker gerade, Sie anzurufen – vielleicht will sie Ihre heutige Verabredung absagen? Denn eigentlich hatte sie ja vor, Sie um dreiundzwanzig Uhr dreißig zu besuchen. Nehmen Sie ruhig ab, Madam!«
Mrs Franklin zögerte. Doch gerade, als sie sich dazu entschlossen hatte, den Hörer abzunehmen, klingelte es an der Haustür, während das Telefon wieder verstummte und der Anrufbeantworter sich mit einem Klacken einschaltete.
»Das wird Inspektor Cotta sein«, frohlockte Justus und eilte aus dem Zimmer. »Ich werde ihm öffnen!«

Mittlerweile erklang aus dem Lautsprecher das Besetztzeichen. Die Anruferin hatte demnach aufgelegt, ohne eine Nachricht zu hinterlassen.
Kurz darauf kehrte der Erste Detektiv in das Wohnzimmer zurück. Ihm folgten Inspektor Cotta und ein Kollege.
»Guten Abend, Madam!«, begrüßte der Inspektor Mrs Franklin und wandte sich, nachdem er ihr auch seinen Kollegen vorgestellt hatte, den drei Detektiven zu. »Nun bin ich aber wirklich mal gespannt, Jungs, weshalb ihr uns zu so später Stunde herbestellt habt! Eigentlich macht es hier einen ganz friedlichen Eindruck.«
»Davon sollten Sie sich nicht täuschen lassen, Inspektor«, warf überraschenderweise nun Mrs Franklin ein, während sie dem dritten Detektiv einen mitleidigen Blick zuwarf. »Es tut mir wirklich leid, Bob, ich hätte vorher gerne unter vier Augen mit dir gesprochen. Aber da dein Freund nun eigenmächtig die Polizei hinzugeholt hat, bleibt mir keine andere Wahl, als dem Inspektor gegenüber die Karten offen auf den Tisch zu legen.«
»Was soll das heißen?«, fragte Peter argwöhnisch.
Mrs Franklin seufzte schwer und schüttelte betroffen den Kopf. »Angefangen hat es schon, als Bob mich das erste Mal in meiner Therapiepraxis aufsuchte, um mir von seinem Liebeskummer zu erzählen. Er hatte sich so unglücklich in diese Sache verrannt, dass ich mich nur herantasten konnte, indem ich ihn nach einigen Gesprächssitzungen unter Hypnose setzte. Dabei ist es mir dann gelungen, aus seinem tiefsten Unterbewusstsein die Wahrheit zutage zu fördern.«
»Was für eine Wahrheit?«, fragte Inspektor Cotta.

Sie vergrub die Hände in ihren Rocktaschen. »Ihnen jetzt in allen Einzelheiten die Hintergründe seines Leidens zu schildern, würde den zeitlichen Rahmen sprengen. Deshalb ist vorerst nur das Ergebnis der Therapie von Belang.« Sie atmete tief durch. »Bob leidet unter einem unterdrückten Ödipuskonflikt, der so stark manifestiert ist wie bei keinem anderen mir bekannten Patienten.«
Peter runzelte fragend die Stirn. »Unter was soll Bob leiden?«
»Unter einem Ödipuskonflikt, auch als Ödipuskomplex bekannt«, klärte Justus seinen Freund auf. »Vereinfacht ausgedrückt beschreibt der Begriff die verstärkte Zuneigung zu einem Elternteil, wobei in diesem Fall wohl die Mutter gemeint ist. Daher fühlen sich diese Menschen später in der Regel hauptsächlich zu älteren Frauen hingezogen.«
»Bitte?« Peter lachte laut auf. »Was ist das denn für ein Quatsch! Bob und ein Faible für ältere Frauen? Das hätten Sie wohl gern!«
»Wenn du dein vorlautes Mundwerk nicht sofort unter Kontrolle bringst, werde ich das Gespräch mit dem Inspektor alleine fortführen«, drohte die ehemalige Psychologin in scharfem Ton.
Peter gab nicht klein bei. »Aber die Freundinnen, mit denen Bob bisher zusammen war, sind immer jünger gewesen als er! Ihre komische These stimmt vorne und hinten nicht!«
»Wenn du mir vorhin genau zugehört hättest, junger Mann, wäre dir sicherlich nicht entgangen, dass ich von einem *unterdrückten* Konflikt gesprochen habe, der bisher in seinem Unterbewusstsein schlummerte.« Sie wandte sich an den Inspektor. »Bisher. Damit meine ich – bis vor einigen Tagen.«

Der Inspektor verzog keine Miene. »Können Sie mir das näher erläutern?«
»Ungern.« Mrs Franklin gab vor, mit sich zu hadern. »Ich fühle mich aus ethischen Gründen noch immer an die Schweigepflicht gebunden. Nur so viel: Seit seinem Geständnis unter Hypnose empfindet Bob mir gegenüber weit mehr als Sympathie. Ich habe mir anfangs nichts weiter dabei gedacht, denn er befand sich ja noch mitten im Stadium der Entwicklung. Ich habe ihm klargemacht, dass ich diese Gefühle nicht und niemals erwidern würde. Doch offenbar, wie ich nun mit Entsetzen feststellen musste, ohne Erfolg.«
Der Inspektor räusperte sich. »Ich höre.«
»Ich hatte Bob für einige Zeit aus den Augen verloren«, fuhr Mrs Franklin fort, »aber letzte Woche kam es unerwartet zu einer erneuten Begegnung. Bob suchte mich in dem Fernsehstudio auf, in dem ich seit einigen Wochen eine Verkaufssendung moderiere, und überraschte mich dort mit einer Pizza. Anschließend erlaubte ich ihm, mich in seinem Wagen nach Hause zu bringen, weil das bestellte Taxi nicht kam, und diese Fahrt war alles andere als angenehm für mich …«
Bob spürte, wie das unangenehme Gefühl, das ihn beim Eintreffen von Mrs Franklin beschlichen hatte, unaufhaltsam auf seinen Höhepunkt zusteuerte. »Wie meinen Sie das?«
»Ich meine, dass du zum Beispiel ununterbrochen versucht hast, deine Hand auf mein Knie zu legen …«
Bob konnte es nicht fassen. »Das ist eine glatte Lüge! Warum erzählen Sie dem Inspektor solch einen Blödsinn?«
»Lass gut sein, Bob«, versuchte Justus seinen Freund zu beschwichtigen. »Erzählen Sie nur weiter, Mrs Franklin.«

»Nachdem er mich vor meinem Bungalow abgesetzt und wir uns ganz normal verabschiedet hatten, zog er plötzlich eine Waffe und feuerte damit in meine Richtung!«
Peter entglitten sämtliche Gesichtszüge. »Das ist der größte Schwachsinn, den ich je gehört habe!«
»Du warst doch gar nicht dabei! Also behalte deine unsachlichen Äußerungen gefälligst für dich!«, giftete sie zurück.
»Aber Justus und ich können bezeugen, dass Sie selbst uns hinterher eine völlig andere Geschichte erzählt haben!«, übernahm Peter erneut die Verteidigung. »Von einem maskierten Schützen, der hinterrücks auf Sie geschossen und Sie anschließend in Ihre Wohnung gedrängt hat!«
»Ist das wahr, Mrs Franklin?«, klinkte sich jetzt Cotta ein.
»Absolut richtig, Inspektor«, bestätigte sie zum Erstaunen der drei Detektive. »Aber was hätte ich denn tun sollen! Bob stand schließlich daneben und es war nicht abzuschätzen, wie er reagieren würde! Auch wollte ich ihm die Möglichkeit geben, seinen Fehler wiedergutzumachen. Doch dann folgte ein weiteres Attentat in Form eines Brandanschlags, bei dem er sogar das Leben seiner beiden Freunde aufs Spiel setzte!«
»Ist das wahr, Jungs?« Cotta sah die drei ??? an.
Justus nickte. »Der Brand hat tatsächlich stattgefunden, Inspektor. Aber dass Bob ihn gelegt hat, ist durch nichts zu beweisen.«
Plötzlich horchte der Inspektor verwundert auf.
»Was haben Sie?«, erkundigte sich Mrs Franklin.
Cotta warf einen Blick zum Flur. »Ich dachte, ich hätte ein Geräusch gehört. Das Klappen einer Tür oder so was.«
»Das kam sicher aus der Küche«, erklärte Mrs Franklin. »Die

Lüftungsklappe über dem Herd ist kaputt. Hören Sie: Dieser arme Junge benötigt dringend psychologische Unterstützung«, fuhr sie dann unbeirrt fort. »Er ist von dem traumatischen Zwang besessen, mir nachzustellen, weil ich seine Gefühle nicht erwidere. In ihm schlummert eine Zeitbombe, die jederzeit hochgehen kann.« Sie ging zu ihrem Schreibtisch und entnahm der Schublade das Erpresserschreiben, das sich nun in einer Klarsichthülle befand. »Hier, Inspektor, sehen Sie sich das an. Dieses Schreiben hat er mir zukommen lassen. Es belegt eindeutig, mit welcher Besessenheit Bob versucht, sich in mein Leben zu drängen.« Sie hielt ihm den Brief direkt vor die Nase. »Ich habe dieses Beweisstück gesichert, damit Sie es von einem Experten untersuchen lassen können. Ich bin mir sicher, dass darauf Fingerabdrücke hinterlassen wurden, und wenn Sie diese mit den Abdrücken von Bob vergleichen, werden auch Ihre letzten Zweifel –«

»Das Schreiben ist uns bekannt, Inspektor«, unterbrach der Erste Detektiv Mrs Franklin in ihrem Redefluss. »Denn wir drei haben es bereits in Augenschein genommen. Zu diesem Zeitpunkt befand es sich bereits im Besitz unserer Klientin. Es lag offen auf ihrem Schreibtisch. Natürlich befinden sich Bobs Fingerabdrucke darauf. Er hat es uns vorgelesen.«

Mrs Franklin schien von diesen Worten nicht sonderlich beeindruckt zu sein. »Einen großen Stellenwert hatte dieses Schreiben auch für mich nicht. Es zeigt allenfalls das Ausmaß der Verzweiflung, die Bobs Taten beherrscht. Viel entscheidender ist ein weiterer Beweis, den ich sicherstellen konnte, Inspektor.«

»Ich bin gespannt, Madam, was nun noch kommt«, entgegnete Cotta.
»An dem Abend, als Bob mich in seinem Wagen vom Studio nach Hause fuhr, ist ihm während der Fahrt ein kleines Tütchen mit einem weißen Pulver aus der Tasche gefallen. Anfangs habe ich mir dabei nichts Schlimmes gedacht, denn schließlich machen ja einige Jugendliche in diesem Alter ihre ersten Erfahrungen mit Drogen, doch später kamen mir Zweifel. Weshalb hatte mir Bob im Studio eine Pizza zukommen lassen? Und warum bestand er mit solchem Nachdruck darauf, dass ich sie mit nach Hause nahm und dort aß?«
»Und?«
»Ich möchte niemanden diffamieren, das müssen Sie mir glauben, Inspektor«, erklärte sie mit unschuldigem Blick. »Aber um der Klarheit willen bitte ich Sie, auf der Stelle in Bobs Wagen nachzusehen, ob sich dieses Tütchen noch darin befindet. Danach werde ich Ihnen auch erläutern, weshalb ich der Ansicht bin, dass dieser junge Mann unverzüglich professionelle Hilfe benötigt.«
Cotta tauschte einen kurzen Blick mit Justus aus, doch der Erste Detektiv nickte nur gelassen und wandte sich dann Bob zu. »Gib dem Inspektor ruhig deinen Wagenschlüssel, Dritter. Du brauchst dir keine Sorgen zu machen.«
Bob schluckte, folgte aber der Anweisung. Cotta nahm den Schlüssel entgegen und warf ihn seinem Assistenten zu.
»Sehen Sie nach, Goodween. Es ist der gelbe Käfer. Obwohl ich mir nicht vorstellen kann, dass –«
»Oh doch, Inspektor«, unterbrach ihn Justus. »Sie werden

gleich eines Besseren belehrt werden. Aber vielleicht sollten wir noch auf einen ganz speziellen Gast warten. Sie müsste eigentlich in wenigen Minuten hier eintreffen.«

Doch Cotta entschied anders. »Gehen Sie, Goodween. Ich will jetzt endlich wissen, was hier gespielt wird!«

»Verstanden, Inspektor.«

Während Cottas Assistent nach draußen ging, begab sich Mrs Franklin erneut zu ihrem Schreibtisch. Sie nahm aus einer Schublade weitere Papiere und zeigte sie dem Inspektor. »Ich habe neben meiner aufwendigen Arbeit im Studio ein fachkundiges psychologisches Gutachten über Bob erstellt. Das dürfte Sie vielleicht interessieren.«

»Ein fachkundiges psychologisches Gutachten?« Peter stieß einen verächtlichen Laut aus. »Das ist doch nicht mehr wert als ein Kuhfladen auf der Rinderfarm! Nach Ihrer Verurteilung wurde Ihnen die Ausübung Ihres Berufes verboten. Und zwar zu Recht, wenn Sie mich fragen!«

Mrs Franklin blieb unbeeindruckt. »Das werden wir ja sehen«, entgegnete sie mit einem überlegenen Lächeln.

Kurz darauf kehrte Goodween ins Wohnzimmer zurück. Er reichte dem Inspektor das kleine Tütchen, welches er wie erwartet unter dem Fahrersitz gefunden hatte.

Cotta warf einen kurzen Blick darauf. »Ist es das, wonach es aussieht?«, wollte er von Bob wissen.

»Schlimmer«, übernahm Mrs Franklin die Antwort. »Und damit, Inspektor, bleibt mir nur noch, Sie darüber aufzuklären, weshalb mir Bob die Pizza ins Studio gebracht hat. Ich habe eine Probe davon in einem Labor analysieren lassen: Er hat sie mit Strychnin bestreut, das sich mit an Sicherheit grenzender Wahrscheinlichkeit ebenfalls in dem Tütchen dort befinden wird, das Ihr Assistent gerade in seinem Wagen sichergestellt hat! Ich habe die Pizza unangetastet in meinem Tiefkühlfach deponiert. Deshalb bitte ich Sie, mich jetzt in die Küche zu begleiten, damit ich Ihnen dieses Beweisstück zur genaueren Untersuchung übergeben kann.«

»Gehen Sie nur«, ermunterte Justus den Inspektor. »Wir folgen Ihnen auf dem Fuße!«

Mit forschen Schritten ging Mrs Franklin voran in die Küche und öffnete mit energischem Griff die Kühlschranktür. Sie zog die Klappe des Eisfachs auf, blickte hinein und wich dann fassungslos zurück. »Aber … das gibt es doch nicht!«

»Stimmt etwas nicht?«, wollte Cotta wissen.

»Die … die Pizza! Sie ist verschwunden!«

Null zu null

Mrs Franklin warf die Kühlschranktür mit einem heftigen Schwung zu, sodass die Gläser im danebenstehenden Regal klirrten. Dann packte sie Justus wütend an der Schulter.
»Wo habt ihr sie versteckt? Heraus damit! Ich weiß genau, dass ihr –«
Das Klingeln an der Haustür ließ Mrs Franklin abrupt verstummen. Sie ließ von Justus ab, schob Peter unsanft zur Seite und begab sich im Laufschritt in den Flur. Die anderen folgten ihr.
»Gut, dass du kommst, Laura!«, begrüßte Mrs Franklin die Besucherin, die offenbar überrascht war, plötzlich sechs Personen gegenüberzustehen.
»Was wollen die ganzen Leute hier? Feierst du eine Party?« Mrs Stryker wich irritiert einen Schritt zurück.
Justus ließ sich von diesem Gehabe keineswegs beeindrucken. »Sie tun ja gerade so, als wäre Ihnen der Inspektor gänzlich unbekannt. Dabei wissen wir doch alle, dass Sie schon einmal von ihm verhaftet wurden. Wie lautet das bekannte Sprichwort noch gleich? Man trifft sich immer zweimal im Leben!«
»Komm rein, Laura!« Mrs Franklin winkte ihren Gast herein und lotste die versammelte Mannschaft wieder in die Küche. Dort wies sie mit großer Geste auf Mrs Stryker. »Meine längste und beste Freundin Laura, Inspektor, ist sozusagen mein Ass im Ärmel, das ich jetzt mit einer gewissen Genugtuung ausspielen werde«, ließ sie triumphierend verlauten.

»Sie arbeitet bei Protection Tools, einem Security-Unternehmen, das Geschäftsräume und Privatwohnungen mit Überwachungssystemen ausstattet. Es war vollkommen sinnlos von diesen drei Jungen, die mit Strychnin versetzte Pizza aus meinem Eisfach zu entfernen. Denn hier wird alles rund um die Uhr von Kameras aufgezeichnet! Und somit wird sich nicht nur Bob wegen versuchten Mordes vor Gericht zu verantworten haben, sondern auch seine beiden Freunde wegen der gezielten Beseitigung eines Beweisstücks! Die Videoaufzeichnungen werden es zutage fördern, Inspektor!«

Peter war kurz davor, ihr Wissen über das Video von Laura Stryker auf dem Parkplatz von Sax Sandler preiszugeben. Mit einem unauffälligen Handzeichen machte Justus ihm klar, dass es vorerst klüger war, zu schweigen.

»Die Pizza war mit Strychnin versetzt?«, erkundigte sich Mrs Stryker stattdessen. »Das ist vollkommen unmöglich!«

Mrs Franklin starrte sie ungläubig an. »Was soll das denn jetzt? Was meinst du?«

»Ich habe die Pizza gestern in den Ofen geschoben und aufgegessen!«

Alle Blicke richteten sich auf Laura Stryker, die sich zur Unterstreichung ihrer Äußerung auf den Bauch klopfte. »Sie hat mir noch dazu hervorragend gemundet!«

»Aber soeben wurde in Bobs Wagen das Strychnin sichergestellt!«, untermauerte Mrs Franklin ihre Anklage und deutete auf das Tütchen, das Cotta noch immer in seiner Hand hielt. »Ich habe dem Inspektor schon alle Fakten unterbreitet!«

Laura Stryker trat einen Schritt an Cotta heran. »Darf ich mal sehen, Inspektor?« Wie selbstverständlich zog sie ihm das Tütchen aus den Fingern und hielt es prüfend gegen das grelle Licht der Deckenlampe. »Das ist kein Strychnin«, stellte sie mit raschem Blick fest. Und noch ehe sie jemand daran hindern konnte, öffnete sie den Verschluss und schüttete sich den gesamten Inhalt in den Mund.

»Laura, nein!!!« Mit einem verzweifelten Aufschrei sprang Mrs Franklin auf ihre Freundin zu und begann, sie hysterisch zu schütteln. »Spuck es aus! Sofort!«

Doch alles Flehen war vergebens. Laura Stryker hatte das Pulver bereits hinuntergeschluckt.

»Verständigen Sie einen Krankenwagen!«, rief Mrs Franklin aufgeregt, während ihr der Angstschweiß aus allen Poren trat. »Ihr muss sofort der Magen ausgepumpt werden!«

In dem Glauben, einem schrecklichen Selbstmord beizuwohnen, waren Bob und Peter zu keiner Regung fähig.

Doch da lachte Mrs Stryker und sprach beruhigend auf ihre Freundin ein: »Bleib cool, Baby! Ich hänge an meinem Leben! Außerdem würde ich mir niemals etwas reinpfeifen, von dem ich nicht weiß, was es ist. Aber dieses Präparat habe ich schließlich selbst in den hübschen Käfer gelegt!«

»Wie bitte?« Bob verstand die Welt nicht mehr. »Sie geben zu, dass Sie mir das Strychnin untergeschoben haben?«

Mrs Stryker lachte gehässig. »Das war doch kein Strychnin, Herzchen! Sondern reiner Traubenzucker! Es hat mir offen gestanden eine diebische Freude bereitet, zwischen euch Zwietracht zu säen, und wie ich sehe, ist mein Plan voll aufgegangen! Seht dies als kleine Retourkutsche dafür, dass ich euretwegen für viele Monate in den Knast gewandert bin! Für mich ist die Sache damit erledigt!«

»Und für mich ebenfalls!«, pflichtete der Inspektor mit düsterer Miene bei. »Oder hast du noch etwas Aufschlussreiches zu vermelden, Justus?«

Der Erste Detektiv zuckte nur resigniert die Schultern.

»In was für eine Sache habt ihr mich da reingezogen, Jungs? Und Sie genauso, Mrs Franklin!« Cotta war sichtlich verärgert. »Wirre Geschichten von Attentätern und Erpresserbriefen, Mordanschläge, bei denen jeder jeden beschuldigt, vergiftete Beweisstücke, die von einer angeblichen Zeugin ohne Nebenwirkungen verspeist werden, das Gutachten einer Psychologin, der mit richterlichem Beschluss die Zulassung entzogen wurde! Ich komme mir vor wie in einem Affentheater. Hier geht es doch wohl eher um persönliche Befindlichkeiten, die am besten in einem Sandkasten geklärt werden!«

»Und was ist mit der Nachricht, die Mrs Stryker auf dem Anrufbeantworter hinterlassen hat?«, rief Peter triumphierend. »Wenn Sie sich die mal anhören, Inspektor, werden Sie sicher vieles anders sehen!«

Mrs Franklin wurde kreidebleich.

»Von was für einer Nachricht sprichst du?«, fragte Cotta.

Peter setzte sich bereits in Bewegung. »Kommen Sie mit, dann werden Sie schon hören!«

Mit schnellen Schritten schob sich Mrs Franklin an Peter vorbei ins Wohnzimmer und schaffte es, vor ihm beim Anrufbeantworter zu sein. »Ich habe nicht das Geringste zu verheimlichen, Inspektor«, erklärte sie selbstbewusst und drückte zielstrebig auf eine Taste. Doch aus dem Lautsprecher ertönte kein einziger Laut. »Da ist keine Nachricht hinterlassen worden, sehen Sie!«

Justus trat interessiert näher. »Darf ich mal, Madam?«
»Das verstehe ich nicht! Wir haben den Anruf doch mit eigenen Ohren gehört!«
»Das ist richtig, Zweiter«, pflichtete Justus Peter bei. »Aber Mrs Franklin hat wohl soeben ganz aus Versehen auf die Löschtaste gedrückt!«
Inspektor Cotta riss nun endgültig die Hutschnur. »Goodween, wir haben hier nichts mehr verloren!« Mit diesen Worten verabschiedete er sich und verließ mit seinem Assistenten den Tatort, der aus seiner Sicht gar keiner war.
Als von draußen zu hören war, wie sich der Polizeiwagen entfernte, zeigte Laura Stryker ihr wahres Gesicht, während sie ihren Pelzmantel abstreifte und ihn salopp über die Sessellehne warf. »Und ihr drei macht jetzt besser auch den Abgang!«, giftete sie im scharfen Befehlston. »Ich empfehle euch, uns nie wieder in die Quere zu kommen!«
»Irrtum, Laura«, widersprach die Hausherrin vehement. »Die Jungs setzen sich jetzt auf die Couch, und dann erwarte ich eine lückenlose Aufklärung von *allen* Beteiligten!«
»Bist du wahnsinnig?«, fauchte ihre angebliche Freundin zurück. »Das geht den Wichtig-Pups und sein Gefolge einen feuchten Dreck an!«
Ohne mit der Wimper zu zucken, wies Justus seine beiden Detektiv-Kollegen an, sich zu ihm aufs Sofa zu gesellen.
»Wir sind auf Ihre Informationen, im Gegensatz zu unserer Gastgeberin, in keinster Weise angewiesen, Mrs Stryker«, entgegnete er gelassen. »Denn der Wichtig-Pups weiß eh längst, was hier gespielt wird.«
Mrs Franklin nahm auf dem Sessel Platz, während ihre

Freundin Laura es vorzog, Justus' Worten im Stehen zu lauschen.
»Ich kann mir lebhaft vorstellen, Mrs Franklin«, begann der Erste Detektiv, »wie es Sie nach Ihrer Verurteilung zutiefst gekränkt haben muss, dass man Ihnen ein für alle Mal die Praxiszulassung abgesprochen hat. Doch anstatt während Ihrer Therapie in der psychiatrischen Klinik in sich zu gehen und unter Ihr unverzeihliches Verbrechen endgültig einen Schlussstrich zu ziehen, haben Sie vermutlich nur darüber nachgedacht, wem Sie die Schuld an Ihrer Haftstrafe in die Schuhe schieben könnten.«
Bob blickte fragend auf. »Doch nicht etwa … mir, Justus?«
»Exakt«, bestätigte Justus. »Denn wenn wir uns den damaligen Fall noch einmal ins Gedächtnis zurückrufen, so bist *du* es gewesen, der sich auf die Gesprächscouch gelegt hat, um Mrs Franklin abzulenken, damit wir währenddessen in der Anwaltskanzlei wichtige Beweisstücke sicherstellen konnten. Und *du* bist es letztlich auch gewesen, dem sie dieses Geheimnis unter Hypnose entlockt hat. Demnach richtete sich ihr ganzer Hass in erster Linie auf dich, Bob!«
Mrs Franklins Gesicht war während Justus' Ausführungen zu einer leblosen Maske erstarrt.
»Ich gehe stark davon aus«, fuhr der Erste Detektiv jetzt direkt an sie gewandt fort, »dass sich Ihre Gedanken während des gesamten Klinikaufenthaltes hauptsächlich um eine Sache drehten: Rache an demjenigen zu üben, der Ihnen in sensiblen Therapiegesprächen sein Vertrauen vorgegaukelt und Sie damit Ihrer Meinung nach ins Verderben geführt hatte. Nach Ihrer Entlassung begannen Sie dann, konkrete

Pläne zu schmieden. Gemeinsam mit Ihrer Freundin Laura, die sicherlich, ohne zu zögern, für jede Schandtat zu gewinnen war, die sich gegen die drei ??? richtete. Und wie es der Zufall wollte, kam dieser Jemand sogar ganz freiwillig zu Ihnen und spielte Ihnen somit alle Trümpfe direkt in die Hand.«

»Den Trumpf in Form einer Pizza!«, schoss Peter die Erleuchtung in den Kopf. »So muss es gewesen sein!«

»Ganz recht, Zweiter«, stimmte Justus zu. »Als Bob plötzlich mit dem Karton vor unserer angeblichen Auftraggeberin stand, muss es in ihrem Kopf wie wild gearbeitet haben. Wie konnte sie sich diesen günstigen Umstand für ihre Rachepläne zunutze machen?«

Bob erkannte langsam, wie übel die ehemalige Psychologin ihm mitgespielt hatte. »Sie boten mir an, Sie zu dem Taxistand zu begleiten, Mrs Franklin. Aber das Taxi kam nicht … Hatten Sie vielleicht gar keins bestellt, sondern stattdessen Laura angerufen …?«

»So und nicht anders wird es gewesen sein, nicht wahr, Mrs Franklin?«, stimmte Justus zu. »Das wird sich mit einer einfachen Nachfrage bei der Taxizentrale beweisen lassen. Innerhalb von nur wenigen Minuten ersannen Sie die teuflische Idee, Laura per Telefon nach Little Rampart zu bestellen, wo sie nach Ihrer Ankunft den Schuss in Ihre Richtung abfeuern sollte. Sie taten dann so, als seien Sie von der Kugel getroffen worden, und anschließend verpasste Laura Bob einen Schlag auf den Hinterkopf.«

»Aber was sollte diese ganze Aktion bezwecken, Just?«

»In erster Linie, Peter, ging es Mrs Franklin darum, ein Verbrechensszenario zu erschaffen, das dann Bob angelastet werden sollte. Ihre pseudopsychologische und völlig abwegige Ödipus-Theorie hat sie dem Inspektor ja eben unterzujubeln versucht. Völlig lächerlich! Und zweitens hegte sie dazu noch die Hoffnung, dass auch in uns beiden, Peter, zumindest Zweifel aufkommen würden, ob Bob nicht vielleicht doch derjenige gewesen sein könnte, der den Schuss auf sie abgefeuert und später den Brand gelegt hatte.«

»Für den vermutlich ebenfalls dieses Goldstück verantwortlich ist!« Peter deutete unmissverständlich auf Mrs Stryker. »Ihre ›längste und beste Freundin‹!«

Bob brodelte. »Sie haben tatsächlich das Leben von Menschen aufs Spiel gesetzt, nur um mich als liebeskranken und unzurechnungsfähigen Attentäter erscheinen zu lassen? Das ist doch vollkommen geistesgestört!«

»Treffender hätte selbst ich es nicht auf den Punkt bringen können«, pflichtete Justus ihm bei. »Obwohl die beiden Damen bei dem perfiden Spiel wahrscheinlich einkalkuliert hatten, dass wir uns rechtzeitig retten würden. Wenn Peter den Brand nicht bemerkt hätte, wäre Mrs Franklin vermutlich in Aktion getreten, um uns auf das Feuer aufmerksam zu machen.«

Plötzlich fuhr die ehemalige Psychologin kerzengerade vom Sessel hoch. »Das alles sind doch völlig hirnrissige Mutmaßungen, für die es nicht einen einzigen Beweis gibt!«

Justus grinste überheblich. »Hier muss ich Sie leider enttäuschen, Madam, denn Ihr Wissen ist etwas lückenhaft, was die Ereignisse der letzten Stunden betrifft. Es gibt einen wesentlichen Umstand, über den ich Sie informieren muss.

Er erklärt, weshalb Ihre Freundin gezwungen war, Ihren gemeinsam ausgeklügelten Plan – Bob gleich drei Mordanschläge anzuhängen – in letzter Sekunde abzublasen.«

»Ich höre«, ließ Mrs Franklin knapp verlauten, während sie Laura Stryker einen fragenden Blick zuwarf. Doch die sah sie nur stumm an.

»Wir selbst waren bei unseren Recherchen ja bereits darauf gestoßen, dass Mrs Stryker als Sekretärin in einem Security-Unternehmen für Raumüberwachung tätig ist«, referierte Justus gelassen weiter. »Aber Sie, Mrs Franklin, haben mir vorhin in Anwesenheit des Inspektors den letzten entscheidenden Hinweis geliefert, dass Ihre Wohnung ebenfalls durch Kameras observiert wird. Das wiederum bedeutet, dass Sie beide über all unsere Besuche in Ihrem Bungalow bestens informiert waren und damit auch darüber, was wir hier besprochen und getan haben. Daher wussten Sie, dass Bob das Erpresserschreiben, das Sie extra als Köder für uns ausgelegt hatten, berührt hatte und Sie es ihm damit wie gewünscht in die Schuhe schieben konnten. Welch glückliche Fügung für Sie! Das Fenster hatten Sie natürlich absichtlich nicht verriegelt, um uns den Einstieg zu ermöglichen. Das alles war von Ihnen beiden minutiös geplant, denn Sie konnten – nach all Ihren Erfahrungen mit uns – davon ausgehen, dass wir uns nach dem Brand hierherbegeben und Sie nach dem Grund Ihres plötzlichen Verschwindens befragen würden.«

Mrs Franklin wurde auffallend nervöser. »Und wo ist nun meine Wissenslücke?«

»Alles, was Sie beide uns während unserer Ermittlungen aufgetischt haben, war durchweg gelogen«, fuhr der Erste Detektiv unbeirrt fort. »Schon fast eine oscarreife Leistung, wirklich beachtlich! Und Ihr durchtriebener Plan wäre sogar beinahe aufgegangen, wenn Mrs Stryker nicht einen verhängnisvollen Fehler begangen hätte, der ihr als Angestellter eines Sicherheitsdienstes eigentlich niemals hätte unterlaufen dürfen: Sie wurde beim Hinterlegen des Rattengiftes, mit dem Sie Ihrerseits die Pizza bestreut hatten, Madam, selbst von einer Kamera erfasst! Damit hatten Sie nicht gerechnet, nicht wahr, Mrs Stryker?« Justus machte eine seiner typischen Kunstpausen, um die Bedeutung seiner Worte zu unterstreichen. »Doch während Sie, Mrs Franklin, ahnungslos blieben, hat Ihre Freundin während der Autofahrt hierher via Handy-Übertragung unsere Unterhaltung in diesem Bungalow mit angehört. Und ihr wurde schlagartig klar, dass wir im Besitz eines Beweises sind, der eindeutig belegt, dass sie selbst das Strychnin im Käfer deponiert hatte. Erschwerend kam hinzu, dass wir bereits die Polizei verständigt hatten, was sie ebenfalls mithörte. Und somit blieb ihr nur eine Möglichkeit, um sich nicht selbst ans Messer zu liefern: Ihre Freundin Laura musste umgehend das Strychnin durch ein harmloses Pulver ersetzen. Es nur dem Wagen zu entnehmen hätte nicht ausgereicht, da die Bilder der Kamera sie eindeutig dieses Vergehens überführt hätten. Also fuhr sie rasch zu einer Tankstelle, kaufte dort ein Päckchen Traubenzucker, das sie zu Pulver zerbröselte, und führte anschließend hier vor der Tür den Austausch durch. Natürlich wird sie dabei die ganze Zeit versucht haben, Sie telefonisch über diesen Missstand in Kenntnis zu setzen, Mrs Franklin. Aber ich gehe mal davon aus, dass Sie Ihr Handy nicht bei sich trugen, und als sie es hier auf dem Festnetz versuchte, traf Inspektor Cotta gerade ein.«

»Aber was wollte sie Clarissa denn noch mitteilen, Erster?«, wollte Bob wissen. »Wenn sie das Rattengift doch bereits gegen den Traubenzucker ausgetauscht hatte.«

»Nun galt es, Mrs Franklin davon in Kenntnis zu setzen, dass die Geschichte aus dem Ruder gelaufen und der schöne Plan damit ruiniert war. Dem Inspektor durfte auf keinen Fall die Pizza ausgehändigt werden, die die beiden mit Strychnin präpariert hatten, denn aufgrund der Kameraaufzeichnungen vom Parkplatz wäre klar gewesen, dass der Giftanschlag inszeniert war. Und demnach blieb Laura Stryker nur eine einzige Möglichkeit, um vor allem ihren eigenen Kopf unbeschadet aus der Schlinge zu ziehen: Die Pizza musste auf dem schnellsten Wege verschwinden! Sie verschaffte sich, vermutlich mit einem Zweitschlüssel, heimlich Zutritt zu diesem Bungalow, schlich, während wir hier mit dem Inspektor eine erregte Debatte führten, in die Küche und entfernte das Corpus Delicti aus dem Eisfach.«

»Das hat der Inspektor also aus der Küche gehört«, stellte Peter treffend fest. »Von wegen defekte Lüftungsklappe!«

»So ist es, Zweiter! Mrs Franklin war zu diesem Zeitpunkt allerdings noch immer vollkommen ahnungslos. Sie wartete siegessicher darauf, dass Bob aufgrund der erdrückenden Beweise in wenigen Minuten verhaftet werden würde.«

Mrs Stryker lächelte diabolisch. »Da habt ihr euch eine schöne Räuberpistole zurechtfantasiert. Aber ohne Beweise könnt ihr nichts gegen uns ausrichten!«

Der Erste Detektiv nickte zustimmend. »Mir genügt es vollkommen, dass wir Ihren skrupellosen Plänen in letzter Sekunde einen Riegel vorschieben und Bob somit eine Menge Ärger ersparen konnten. Über alles andere zerbrechen wir uns nicht weiter die Köpfe. Das wäre reine Zeitverschwendung. Die drei Detektive haben den Fall gelöst, und mehr gibt es nicht hinzuzufügen.«

Währenddessen ging in Bob etwas ganz anderes vor. Er erhob sich bedrückt von der Couch und ging langsam auf Mrs Franklin zu. Er blickte ihr in die Augen und versuchte, in Worte zu fassen, was er empfand. Ihm kam jedoch keine einzige Silbe über die Lippen.

»Vergiss es, Bob!« Peter legte seinem Freund mitfühlend die Hand auf die Schulter. »Diesen beiden Hyänen ging es einzig und allein um egoistische Rachegelüste. Schuldbewusstsein wirst du bei denen nicht erleben. Eher wird sich Justus auf eine Model-Figur herunterhungern, und darauf kannst du warten, bis du schwarz wirst!«

»Und das ist auch gut so!«, konterte Justus, während er sich selbstverliebt über den fülligen Bauch strich. »Also, Kollegen: Gehen wir!«

Ohne sich zu verabschieden, traten die drei Detektive auf den Flur hinaus. Justus hatte bereits die Haustür geöffnet, als Bob hinter sich die leise Stimme von Mrs Franklin vernahm.

»Ach, Bob!«

Er drehte sich langsam um. »Ja?«

Sie zögerte, doch dann kam sie näher. »Eines möchte ich dir noch mit auf den Weg geben: Wir können nur von Menschen verletzt werden, die uns nahestehen …«

Bob wandte sich wortlos um und folgte seinen beiden Freunden nach draußen. Als er die Tür hinter sich geschlossen hatte, zog Peter sein Handy aus der Tasche.
»Auch wenn wir diesem Duo im Nachhinein nichts beweisen konnten, habe ich immerhin das ganze Gespräch aufgezeichnet. Und obwohl Tonbandaufnahmen vor Gericht nicht als Beweismittel zugelassen sind – so können wir zumindest dem Inspektor klarmachen, dass auf die drei Detektive immer Verlass ist!«

Justus war noch nicht zufrieden. Es stand nach wie vor diese eine Frage im Raum, für die ihm bisher keine plausible Erklärung eingefallen war …
Am nächsten Morgen sprach er seine Tante in der Küche an, wo sie gerade dabei war, das Frühstück herzurichten.
»Es gibt da eine Sache, die ich gerne unter vier Augen mit dir besprechen würde«, tastete er sich vorsichtig heran und lächelte freundlich.
Mrs Jonas stutzte. »So? Dann ist jetzt die beste Gelegenheit dazu, mein Junge! Dein Onkel ist noch im Bad beschäftigt. Also heraus damit!«
Justus nahm das Besteck aus der Schublade und fragte dann so harmlos wie möglich: »Hat deine Freundin Emily tatsächlich diese Astrala in ihrer Sendung angerufen und mit ihr gesprochen? Mir kommt das komisch vor, wir sind nämlich dahintergekommen, dass diese Show nie live ausgestrahlt wird!«
»Wie bitte?« Mrs Jonas' Augenlider begannen nervös zu flattern. »Nun ja …«, stammelte sie verlegen und senkte die

Stimme. »Wenn du mir versprichst, es für dich zu behalten, werde ich dir die Wahrheit sagen.«

»Ich höre!«

»Dein Onkel war doch so wütend darüber, dass ich so häufig diese Hotline angerufen hatte … und dazu hat er Astrala noch als eine Betrügerin hingestellt. Ich kam mir plötzlich so dumm vor und wollte nicht wie die letzte Idiotin dastehen. Na ja, und da hab ich halt zu einer Notlüge gegriffen und ihm erzählt, dass Emily auch schon mit dieser Spiritistin gesprochen und dabei erstaunliche Dinge von ihr erfahren hätte.« Sie zupfte verlegen an ihrer Schürze. »Ich wollte so gerne die Sendung weitergucken. Da ist doch eine kleine Schwindelei kein großes Verbrechen, oder?«

Nun war Justus zufrieden. Er zwinkerte seiner Tante verschwörerisch zu. »Ganz sicher nicht, Tante Mathilda! Ich hätte es an deiner Stelle genauso gemacht!«